ro
ro
ro

Felix Huby wurde 1938 in der Nähe von Tübingen geboren. Nach einigen Jahren als Stuttgarter *Spiegel*-Korrespondent begann er 1976 Kriminalromane zu schreiben. Mit dem schwäbischen Gemütsmenschen Bienzle schuf er einen der beliebtesten deutschen Krimihelden. Außerdem verfasste er Sachbücher, Kinderkrimis und zahlreiche Drehbücher. 1999 erhielt er von der Vereinigung der deutschen Krimiautoren den Ehrenglauser für sein Gesamtwerk. Huby lebt in Berlin.

Felix Huby

BIENZLE und der KLINKENMÖRDER

Roman

Rowohlt Taschenbuch Verlag

3. Auflage Juni 2005

Originalausgabe
Veröffentlicht im Rowohlt Taschenbuch Verlag,
Reinbek bei Hamburg, Januar 2001

Redaktion Wolfram Hämmerling
Umschlaggestaltung Notburga Stelzer
(Foto: photonica / Johner)
Satz Stempel Garamond PostScript, PageOne
Gesamtherstellung Clausen & Bosse, Leck
Printed in Germany
ISBN 3 499 22939 0

1

«Was tun Sie in meinem Haus?»
Er hatte den Mann noch nie gesehen. Der Fremde sah unbedeutend aus, ein Dutzendgesicht. Die blonden Haare standen nach allen Seiten von seinem Schädel ab. Die wasserblauen Augen traten weit hervor. Basedow-Augen, fuhr es Pesoa durch den Kopf.

Der Mann starrte ihn an, ohne zu reden.

Pesoa stand noch immer unter der Tür: «Sie sind nicht das erste Mal hier, stimmt's?»

Der Fremde erhob sich aus dem Sessel. Pesoa schätzte ihn auf vierzig Jahre. Er kam auf den Hausherrn zu. Es sah so aus, als wolle er einfach an Pesoa vorbei aus dem Raum gehen.

«Nein, nein, so kommen Sie mir nicht davon.» Pesoa spannte seine Armmuskeln an. «Das hier ist mein Haus!»

Die Augenfarbe des Eindringlings veränderte sich. Die Iris wurde dunkel. Pesoa registrierte, wie die Kiefer des Mannes mahlten. Dann spürte er plötzlich einen heftigen Schmerz dicht unter seinem Herzen. Ein Schwindel erfasste ihn. Seine Zunge schmeckte Blut. Die Beine sackten weg.

«Was soll denn das?», hörte er sich noch sagen. Dann verlor er das Bewusstsein.

Erst zwei Tage später fand ihn seine Zugehfrau. Früh am Morgen, kurz nach sieben Uhr. Professor Miguel Pesoa lag zusammengekrümmt dicht hinter der Tür seines Wohnzimmers. Das Blut, das sich auf seiner Brust und um seinen Oberkörper herum auf dem Boden ausgebreitet hatte, war verkrustet.

2

«Das muss wie ein Springquell gewesen sein», sagte der Gerichtsmediziner Dr. Bernhard Kocher.

Bienzle, der sich in Kochers Rücken mit der Bibliothek des Hausherrn beschäftigte, um die Leiche nicht weiter anschauen zu müssen, sagte: «Lauter Spanier und Südamerikaner.»

«Was? Wie?», fuhr Kocher auf.

«In der Originalsprache und übersetzt, schön nach dem Alphabet geordnet. Der Mann muss ziemlich penibel gewesen sein.»

«Ach, die Bücher meinen Sie ...»

Bienzle drehte sich um. «Also?»

«So einen Einstich habe ich noch nie gesehen.» Der Mediziner wischte sich den Schweiß von der Stirn. «Es ist viel zu heiß hier drin.»

«Wenn er Spanier ist, muss man sich nicht wundern, dass er mehr heizt als wir», sagte Bienzle. Dann wandte er sich an den Leiter der Spurensicherung: «Irgendeine Tatwaffe?»

«Negativ», sagte der Kollege. Er war dafür bekannt, dass er kein Wort zu viel sprach.

«Es ist mir ein Rätsel», sagte Kocher tags darauf, als ihn Bienzle und dessen Kollege Günter Gächter in der Pathologie besuchten.

«Am Anfang einer Morduntersuchung stehen wir meistens vor Rätseln», gab der Kommissar zurück.

Er lehnte am Fensterbrett und spürte wohlig, wie die Heizung unter der Holzverkleidung die Wärme in sein Kreuz abstrahlte. Schon seit Tagen hatte er Rückenschmerzen. Aber er redete mit niemandem darüber, nicht einmal mit Hannelore, vielmehr gerade nicht mit Hannelore. Sie wohnten erst seit ein paar Wochen wieder zusammen, Hannelore war elf Jahre jünger als er.

«Ein Stichkanal», sagte Kocher, «obwohl: ‹Stich› kann man dazu gar nicht sagen. ‹Stanzkanal› wäre besser. Genau zwischen dem dritten und vierten Rippenbogen.»

«Was soll denn das heißen – ‹Stanzkanal›?»

«7,4 auf 7,4 Millimeter. Vierkant. Stahl vermutlich. Vorne stumpf, wahrscheinlich sogar plan abgeflacht. Der Stich wurde mit großer Kraft ausgeführt.»

Gächter warf ein: «Neulich hatten wir eine Leiche, die ist durch eine Sessellehne hindurch mit einer zugespitzten Fahrradspeiche erstochen worden.»

«Das war dann aber so ziemlich das Gegenteil von dem da!», gab Kocher gnatzig zurück und deutete mit dem Daumen auf die Leiche Pesoas, die vor ihm auf der verchromten Tischplatte lag.

«Ich meine ja nur, es gibt nichts, was es nicht gibt.»

«Also gut, lass dir was einfallen», sagte Bienzle zu Gächter. «Vierkant, 7,4 auf 7,4 Millimeter.»

«Mindestens sechs Zentimeter lang», ergänzte Kocher. «Stahl. An einer Längsseite eine Einkerbung, maximal 0,2 Millimeter.»

Miguel Pesoa, nicht verwandt mit der berühmten spanischen Springreiterdynastie gleichen Namens, war Literaturwissenschaftler und Übersetzer gewesen. Er hatte es auf achtundvierzig Lebensjahre gebracht. Davon hatte er mehr als die Hälfte in Deutschland gelebt. Schon als Kind war er nach Stuttgart gekommen. Sein Vater war in den sechziger Jahren des letzten Jahrhunderts dort Generalkonsul gewesen. Er hatte damals die Villa am Killesberg erworben, in der nun sein Sohn ermordet worden war.

Gächter teilte Bienzle das Ergebnis seiner Recherchen mit, während sie durch den grauen Schneematsch die Neckarstraße überquerten. Sie waren auf dem Weg in die Baumannstraße, um dort bei einem Türken, der jetzt die Schwabenstuben bewirtschaftete, die besten Maultaschen zu essen, die es in der Stadt gab.

«Das hab ich gern», maulte Bienzle, «a ausländische Leich' und kei Spur von einem Mörder!»

Die Zugehfrau hatte zu Protokoll gegeben, dass nichts in der Wohnung fehle. Ein Raubmord kam also nicht in Betracht.

3

Nach den Maultaschen besuchten Bienzle und Gächter einen emeritierten Literaturprofessor, von dem es hieß, er sei mit dem Toten befreundet gewesen.

«Befreundet?» Professor Volkmar Keck, der sie aus listigen Augen durch seine kreisrunden Brillengläser anblinzelte, schüttelte den Kopf. «Wie können zwei Leute, die im gleichen Fachbereich unterrichten und beide eitel sind, miteinander befreundet sein?»

Bienzle war es egal. «Ich dät trotzdem gern erfahren, was Sie über ihn wissen.»

Keck sah Bienzle erstaunt an. «Alle Achtung!», sagte er.

«Wieso?»

«Jeder andere hätte gesagt: ‹Ich dät trotzdem gern wissen, was Sie über ihn wissen.› Sie haben die Wiederholung instinktiv oder bewusst vermieden.»

«Und», sagte Bienzle, «darf ich jetzt wissen, was Sie über ihn wissen?»

«Miguel und ich sind … oder waren beide Kommunisten.»

«Sind Sie's oder waren Sie's?»

«Ich bin's noch.»

«Alle Achtung», sagte Bienzle im gleichen Ton wie Keck zuvor.

«Warum?»

«Na ja, wer gibt das heut noch zu? Und was war mit Pesoa?»

«Er war immer zuerst Baske.»

«Au des no!»

Bienzle hoffte inständig, dass sie hier nicht an einen politischen Fall geraten waren. Er betrachtete den Professor aufmerksam. Eigentlich sah der nicht so aus, als ob er schon pensionsreif wäre. Vielleicht waren es die Augen, die ihn viel jünger erscheinen ließen, vielleicht seine lebhaften Bewegungen oder die Haare, die, eher hellblond als grau, in einem Kranz um den hoch gewölbten Schädel abstanden.

Keck grinste die beiden Kommissare jungenhaft an. «Vor unsereinem müssen Sie sich heute ja nicht mehr fürchten.»

«Die Furcht war auch früher schon unbegründet», gab Bienzle zurück, «zumindest in diesem Teil unseres Vaterlandes.»

«Aber höchst willkommen», sagte der Professor.

Bienzle nickte. Er sah das genauso wie Keck, wollte aber nicht weiter politisieren. «Das bringt uns alles in unserem Fall nicht weiter», sagte er. «Wir müssen Ihnen die üblichen Fragen stellen.» Dabei sah er Gächter auffordernd an.

«Hatte er Feinde?», fragte der. «Haben Sie irgendwelche Kenntnisse über Verbindungen zu kriminellen Vorkommnissen …»

«Ach, hören Sie doch auf», fuhr ihm Volkmar Keck in die Parade. «Wenn ihn einer umgebracht hat, dann irgendein eifersüchtiger Trottel, dessen Frau oder Freundin er gevögelt hat!»

«Hat er da einschlägige Aktivitäten entwickelt?», fragte Gächter steif.

Keck warf seine Arme hoch und brach in schallendes Gelächter aus.

Bienzle schmunzelte. «Er war also das, was wir hierzulande einen Weiberer nennen?»

«Ja, und dabei war er so erfolgreich, dass man ihn nur beneiden konnte.»

«Hatte er oft Besuch aus Spanien?», fragte Bienzle.

«Er verfügte über ein großes Haus – Sie waren ja wohl dort –, und da gingen eine Menge Leute aus und ein. Er hat auch häufig Feste gegeben, und da traf man natürlich viele Spanier. Aber ob da irgendwelche Verdächtigen dabei waren ...?» Keck hob mit einem verschmitzten Grinsen die Schultern, um anzudeuten, dass er das beim besten Willen nicht beurteilen könne.

Bienzle und Gächter verließen die Altbauwohnung im Stuttgarter Westen. Auf der Straße sagte Gächter: «Ein unsympathischer Mensch!»

«Find ich gar nicht», sagte Bienzle. «Mir gefällt er.»

4

Bienzle fuhr nach Hause. Sie hatten in ihrem neuen Mordfall so wenige Anhaltspunkte, dass es keinen Unterschied machte, ob er heute noch eine Stunde oder zwei arbeitete oder ob er sich erst anderntags wieder mit dem Mord an Pesoa beschäftigte.

Seit einigen Monaten wohnte er in einem Altbau im Stählinweg – Halbhöhenlage nannte man das in Stuttgart. Der Blick ging über die Stadtteile im Osten hinweg ins Neckartal und weiter bis zu den Weinbergen im Remstal und dahinter zu den Hügeln und Bergen des Schwäbischen Waldes. Bienzle liebte diese Aussicht. Am schönsten war sie aus Hannelores Atelier, das wie ein verglastes Schwalbennest an der Nordostecke des Hauses hing. Hannelore hatte zwar ihre alte Wohnung im Westen behalten, arbeitete nun aber meistens hier, und manchmal blieb sie auch über Nacht. Dann war es fast wie früher zwischen den beiden.

In der Küche klemmte sich Bienzle eine Flasche Nordheimer Trollinger mit Lemberger unter den Arm, nahm zwei Gläser und einen Korkenzieher aus dem Schrank und ging über die Dielenbretter des langen Ganges zu der Doppeltür, die in Hannelores Glaskasten führte. Er klopfte an und trat ein, ohne auf ihr «Herein» zu warten.

«Bitte jetzt nicht!», schallte es ihm entgegen.

Das Erste, was Bienzle wahrnahm, war ein nackter junger Mann, der malerisch auf die Couch hingegossen lag, auf der Hannelore manchmal schlief, wenn sie nachts lange malte und Bienzle nicht im Schlaf stören wollte. Bevor er die Tür wieder zuzog, registrierte er noch, dass dieser Mann kein Gramm Fett am Leibe hatte. Einen so flachen und harten Waschbrettbauch hatte Bienzle noch nie gesehen – noch nicht mal bei den Toten in der Gerichtsmedizin, schoss es ihm durch den Kopf. Und dann dieses primäre Geschlechtsorgan – schlaff zwar, aber in Bienzles Augen unnatürlich groß. Es erinnerte ihn an ein schlafendes Tier.

«Trink ich meinen Wein halt allein», brummte Bienzle und verzog sich ins Wohnzimmer.

Er schaltete den Fernseher ein, zappte einmal durch alle Programme und machte ihn wieder aus. Dann ging er zum Bücherregal und suchte ein bisschen herum. Er besaß nur zwei Werke von spanischsprachigen Autoren: «Tante Julia und der Serienschreiber» von Vargas Llosa und «Don Quijote» von Cervantes. Bienzle entschied sich für den Ritter von der traurigen Gestalt.

Nach einer Stunde etwa kam Hannelore. «Entschuldige, aber er ist so sensibel.»

«So sieht er gar nicht aus.» Bienzle goss ein Glas Rotwein für sie ein. «Wie heißt er denn?»

«Boris», sagte sie.

«Drunter macht er's wohl nicht», sagte Bienzle mehr zu sich selber als zu ihr.

Als sich Hannelore setzte, gab sie einen tief empfundenen Seufzer von sich. «Wenn ich gewusst hätte, dass mir das Aktzeichnen solche Schwierigkeiten macht, hätt ich's nicht angefangen.»

«Du kannst es ja jederzeit wieder lassen.»

«Du kennst mich doch: Wenn ich mal was angefangen habe, zieh ich's auch durch.»

Nun seufzte auch Bienzle. «Ja, Gott sei's geklagt!»

Nach einer Weile des gemütlichen Schweigens fragte Hannelore, an was für einem Fall er gerade arbeite. Bienzle erzählte, und es stellte sich heraus, dass Hannelore Miguel Pesoa gekannt hatte.

«Er war regelmäßig in den Galerien, vor allem bei Ausstellungseröffnungen – ein kunstsinniger Mensch.»

Bienzle nickte. Er erinnerte sich an das schmale, feine Gesicht des Toten.

«Habt ihr irgendeinen Verdacht?»

«Wir sind noch ganz am Anfang», sagte Bienzle. «Aber das spür ich jetzt schon, dass das saumäßig schwierig wird.»

«Vielleicht kann euch ja die Kollegin helfen, die ihr morgen erwartet.»

Die hatte er ganz vergessen. Carmen Esteban, eine Kommissarin der spanischen Polizei aus Pamplona. Ihre Maschine sollte anderntags um 10 Uhr 40 in Stuttgart-Echterdingen landen. Bienzles Arbeitsgruppe war gebeten worden, der Kollegin aus dem Baskenland Amtshilfe bei ihren Ermittlungen zu leisten.

«Das macht der Gächter», sagte Bienzle.

Aber natürlich hatte Hannelore Recht. Wenn die Spuren im Fall Pesoa nach Spanien führten, konnte die Kollegin womöglich nützlich sein.

5

Gächter erreichte den Flughafen in Echterdingen trotz des Einsatzes seines beweglichen Blaulichts zu spät. Carmen Esteban stand am Ausgang, schaute sich mit gerecktem Hals um und ging sofort auf den Wagen zu, als sie ihn, wegen des Blaulichts auf dem Dach, als Polizeifahrzeug erkannte. Gächter stieg aus.

Er wusste nicht, was er erwartet hatte, aber die Frau, die da plötzlich vor ihm stand, übertraf alle Vorstellungen, die er sich je von Polizistinnen gemacht hatte. Carmen Esteban war eine etwa ein Meter sechzig große, sehr schlanke junge Frau auf hochhackigen Schuhen. Gächter schätzte sie auf dreißig. Er registrierte, dass sie keine Strümpfe trug. Sie musste das Klima in Stuttgart falsch eingeschätzt haben.

Er reagierte verlegen. «Sind Sie es …?»

«Wenn Sie Carmen Esteban meinen, dann bin ich es.» Sie hielt ihm ihre Hand hin.

Unwillkürlich wischte Gächter seine Hand an der Jacke ab, ehe er sie ihr reichte. «Willkommen in Stuttgart! Für Blumen hat's nicht mehr gereicht. Ich hatte noch einen Termin wegen der Verlängerung eines Haftbefehls.»

Carmen lächelte, wobei sich ihr voller Mund leicht öffnete und eine Reihe schöner gleichmäßiger Zähne zeigte. «Blumen wären auch nicht angebracht. Das ist ein dienstlicher Besuch.»

Gächter hatte sich wieder gefangen. «Aber Sie sind unser Gast ... und eine Frau.» Er hielt ihr die Beifahrertür auf.

Carmen blieb einen Augenblick dicht vor ihm stehen. Sie hatte braune Augen. Kurz legte sie die Hand auf seinen Arm und blitzte ihn amüsiert an. «Das haben Sie also gleich bemerkt?»

6 Bienzle war nach dem Frühstück nochmal zu Pesoas Haus gefahren. Vorsichtig entfernte er das Polizeisiegel von der Tür. Er würde nachher einen Kollegen bitten, es zu erneuern. Behutsam, als ob er jemanden stören könnte, zog er die Eingangstür hinter sich zu, ging direkt ins Wohnzimmer und sah sich um.

So wohnte jemand, der viel Geschmack hatte und sich auf diesen auch verließ. Pesoa hatte keinen Innenarchitekten beauftragt und keinen Designer bemüht. Offensichtlich hatte er die Einrichtungsgegenstände einzeln ausgewählt und im Laufe vieler Jahre zu einem erstaunlichen Ensemble zusammengetragen. Möglicherweise hatte schon sein Vater damit begonnen. Und mit den Bildern an den Wänden schien es sich ähnlich zu verhalten. Bienzle kannte sich weder in Möbelstilen noch in der Malerei aus, aber die Exklusivität dieser Einrichtung konnte er spüren. Am liebsten wäre er noch einmal mit Hannelore hierher gekommen, um sich alles erklären zu lassen.

Bienzle suchte sich den Sessel aus, den er für den bequemsten hielt, und schaute durch das breite Panoramafenster hinab auf die Stadt und hinüber zum Bopser und zur Degerlocher Höhe mit dem Stuttgarter Fernsehturm. Der Himmel lag in grauen Streifen über dem Talkessel. Es konnte jeden Augenblick anfangen zu schneien.

Es musste schön sein, in so einer Villa zu leben. Aber wenn dann plötzlich ein Mensch vor einem stand und mit einem Gegenstand auf einen einstach …

Die Umrisse des Toten waren noch mit Kreide auf den Parkettboden gemalt. Bienzle wurde plötzlich unruhig. Er stellte sich auf die Kreidefüße. So musste Pesoa ungefähr gestanden haben, als ihn die tödliche Waffe traf. Mit dem Rücken zur Tür also. Aber das bedeutete ja, dass der Mörder möglicherweise schon im Wohnzimmer gewesen war, als Pesoa nach Hause kam.

Bienzle zog sein Handy aus der Tasche und wählte die Büronummer. Kerstin Dänhardt meldete sich. Die junge Anwärterin arbeitete seit vierzehn Tagen in Bienzles Gruppe.

«Wissen wir inzwischen etwas über Pesoas Tagesablauf am Mordtag?»

Er hörte Papier rascheln. Dann sagte Kerstin Dänhardt: «Der Professor kehrte erst abends von einer Spanienreise zurück. Er kam aus Barcelona und landete um achtzehn Uhr fünfzig in Stuttgart.»

«Und gibt es schon eine Angabe von Kocher, wann der Tod eingetreten ist?»

«Zwischen zwanzig Uhr zwanzig und zwanzig Uhr fünfundvierzig.»

«Danke.»

Bienzle schaltete ab und sah auf das Kreidemännchen. Besonders groß war er ja nicht gewesen, der Literaturprofessor.

Bienzle ging zur Wohnzimmertür. Er trat auf den Flur hinaus und wandte sich wieder dem Zimmer zu. Er betrat es, wie Pesoa es zwei Abende zuvor betreten haben musste. In den leeren Raum hinein sagte Bienzle: «Was machen Sie in meinem Haus?»

Er griff nach der Klinke, um in seinem Rücken die Tür zuzudrücken. Plötzlich hielt er inne. Was war jetzt da gerade anders?, fuhr es ihm durch den Kopf.

Bienzle drehte sich um und betrachtete die Klinke genauer. Sie hatte sich anders angefühlt als die draußen.

Er stand jetzt vor der Türkante, die innere Klinke in der linken, die äußere in der rechten Hand. Plötzlich ließ er sie beide los und machte sich auf die Suche nach einem Handwerkskasten. Eigentlich hätte er die Spurensicherung holen müssen, aber so viel Geduld brachte er jetzt nicht auf.

In der Küche unter der Spüle fand er, was er suchte. Er nahm einen kleinen Schraubenzieher und einen Hammer heraus und kehrte zu der Wohnzimmertür zurück.

Bienzle war handwerklich nicht besonders begabt. Er ließ es sich nur zu gerne gefallen, wenn Hannelore sagte: «Lass die Finger weg, ich mach das schon.» Mit der Zeit hatte er sogar gelernt, sich besonders ungeschickt anzustellen, um just diesen Satz zu provozieren.

Hannelore hätte jedoch gestaunt, wenn sie gesehen hätte, wie geschickt er jetzt die beiden Dorne heraustrieb, die Blende lockerte und die Klinken nach innen und außen herauszog. Ein Gefühl der Zufriedenheit überkam ihn, als er die innere Klinke in Augenschein nahm. Die Blutspuren waren unverkennbar.

Jetzt rief Bienzle die Spurensicherung an. «Schickt mir mal bitte zwei Mann. Ich glaube, ich habe die Mordwaffe gefunden.»

7 Carmen Esteban füllte den Meldezettel aus. Gächter stand neben ihr.

Der Mann an der Rezeption hatte kaum «Grüß Gott» gesagt. Maulfaul nannte man solche Leute hierzulande. Wortlos schob er den Schlüssel über den Tresen.

«Und wer bringt mein Gepäck nach oben?», fragte Carmen.

Der Rezeptionist wies mit dem Kopf stumm auf Gächter. Im gleichen Augenblick sagte der: «Wenn Sie erlauben, mach ich das.»

«Na gut.» Carmen maß den Mann an der Rezeption mit einem strafenden Blick. «Aber richtig finde ich das nicht.»

In Carmens Zimmer wuchtete Gächter den Koffer auf den dafür vorgesehenen Platz. «Ich warte unten auf Sie», sagte er. «Und dann fahren wir gleich ins Präsidium.»

«Nein, bleiben Sie doch, ich zieh mich nur schnell um.» Sie öffnete den Koffer und zog eine Bluse heraus.

Gächter fühlte sich bemüßigt, etwas zu sagen. «Wir sind Ihren Hinweisen nachgegangen, aber von Ihrem Täter haben wir – um ehrlich zu sein – noch keine Spur.»

Carmen ging ins Bad, ließ aber die Tür halb offen stehen. «Wir haben inzwischen Fingerabdrücke und die DNS-Analyse seiner Blutspuren. Er ist in allen drei Fällen an den Morden zumindest beteiligt», rief sie. «Ich gehe aber davon aus, dass er der alleinige Täter ist.»

«Und warum sind Sie sich so sicher, dass er jetzt in Stuttgart ist?»

«Ich weiß nicht, ob er noch hier ist. Aber am Samstag ist er von Barcelona via Zürich nach Stuttgart geflogen.»

«Vorgestern also.»

Carmen kam wieder ins Zimmer. Sie trug einen leichten Morgenmantel, dessen Gürtel sie nur nachlässig umgeschlungen hatte. «Die Kollegen von der Beobachtenden Fahndung haben es leider erst bemerkt, als der Flieger schon in Stuttgart gelandet war.» Sie zog ein Paar schwarze Strümpfe aus dem Koffer, fuhr kurz mit gespreizten Fingern hinein, um zu prüfen, ob sie Laufmaschen hatten, und ging ins Bad zurück.

Gächter musste trocken schlucken. Er konnte sich nicht erinnern, jemals eine so schöne Frau gesehen zu haben.

«Dabei stand er auf allen unseren Fahndungslisten!», rief sie aus dem Badezimmer, und ihre Stimme vibrierte vor Empörung.

Gächter nickte. «Ich kenne das», rief er zurück. «Der Mann, um dessen Haftverlängerung es heute Morgen ging, lief hier auch vier Wochen frei herum, obwohl wir ihm zwei Morde nachweisen konnten und wussten, dass er noch in der Stadt sein musste.»

Carmen erschien auf der Schwelle zum Bad. Sie knöpfte ihre Bluse zu, und Gächter erhaschte noch einen schnellen Blick auf den Ansatz ihrer Brüste.

«Aber schließlich haben Sie ihn doch geschnappt,» sagte sie.

«Ja, nachdem er noch einen weiteren Mord begangen hatte. Beinahe hätte er auch mich erwischt. Er wollte mit seinem Sportwagen fliehen, und als er mich sah, hielt er direkt auf mich zu.»

«Na, Gott sei Dank hat er Sie nicht überfahren!» Carmen kehrte ihm den Rücken zu und bat ihn, den Reißverschluss an ihrem eng sitzenden Rock zuzuziehen. «Wie haben Sie ihn denn zum Halten gezwungen?»

«Ich hab auf die Reifen geschossen. Er hat die Gewalt über sein Fahrzeug verloren und ist gegen eine Mauer gefahren. Leider ist die Frau, die er bei sich hatte, dabei gestorben.» Ein Schatten fiel über Gächters Gesicht. «Sie hatte nichts mit seinen Verbrechen zu tun. Und wie es scheint, hat er sie geliebt.»

Carmen drehte sich wieder um und sah Gächter in die Augen. «Ich weiß», sagte sie, «wie sehr einen das mitnehmen kann.»

8

Die Männer von der Spurensicherung verwahrten die beiden Türklinken in Plastiktüten. Einer von ihnen führte eine Sonde mit einer Minikamera in das Schloss ein, um das Innere zu fotografieren. Danach bauten sie das ganze Schloss aus.

Bienzle saß die ganze Zeit unbeweglich in einem Sessel und starrte aus dem Fenster. Es hatte zu schneien begonnen. Die Flocken waren groß und nass und stürzten förmlich zu Boden, um sich sofort in Wasser aufzulösen.

Was war der Mörder wohl für ein Mensch? Hatte er die Klinke ausgebaut, um sie als Mordwaffe zu benutzen, und hatte er dafür eine andere mitgebracht und zwischenzeitlich eingesetzt? Nein, es musste anders gewesen sein. Die Klinke, mit der er zugestochen – Kocher würde jetzt wieder sagen: «zugestanzt» – hatte, sah ja anders aus als ihr Gegenstück an der Außenseite der Tür.

Harry Mehl, der Leiter der Spurensicherung, räusperte sich in Bienzles Rücken. Bienzle drehte sich zu ihm um.

«Ist Ihnen das aufgefallen?», sagte Mehl. «Im ganzen Haus sind diese wunderschönen mattgrauen Klinken, nur an der Wohnzimmertür sehen beide anders aus.»

«Beide?» Bienzle wuchtete sich aus dem Sessel: «Und wie erklären Sie sich das?»

«Der Besitzer hat das Schloss auswechseln lassen, aber das neue ist ein besonderes Sicherheitsschloss. Die Klinken, wie sie hier überall sind, passen da nicht rein. Wahrscheinlich hat der Schlosser beim Hersteller ein passendes Paar angefordert, und so lange hat er diese beiden Klinken als Provisorium montiert.»

Bienzle nickte anerkennend. «Nicht schlecht, fast schon genial.»

Mehl grinste ihn an. «So genial dann auch wieder nicht. Wir haben gestern bei der Durchsuchung der Villa das ausgebaute Schloss und ein paar Klinken gefunden. Der Schlosser hat das Zeug offenbar dagelassen, weil er in den nächsten Tagen weiterarbeiten wollte.»

«Sind die Sachen noch hier?»

«Nein, sie sind bei uns im Labor.»

«Ja, dann müssen wir schleunigst den Schlosser finden.»

«Kein Problem. Sein Name steht auf dem Handwerkskasten, den er hier gelassen hat. Ich glaube, er heißt Birkenmeier.»

9

Gächter fuhr mit Carmen durch die Stadt Richtung Präsidium. Dabei zeigte der schlaksige Kommissar aus Hannover seiner jungen Begleiterin die Stadt so stolz, als ob es seine eigene wäre. Langsam fuhr er zwischen den Weinbergen die neue Weinsteige hinunter, um der Spanierin den einmaligen Blick auf die Innenstadt zu präsentieren.

«Vor fünfundzwanzig Jahren fuhr hier noch eine Straßenbahn. Jetzt hat man sie in einem Tunnel versteckt. Aber lange galt dieses Stück als die schönste Straßenbahnstrecke Europas.»

«Ich habe gelesen, ihr habt sogar eine Zahnradbahn mitten in der Stadt.»

«Stimmt, die führt vom Albplatz in Degerloch zum Südheimer Platz unten im Tal …»

«Im Neckartal», versuchte Carmen zu präzisieren.

«Nein, das ist ein weit verbreiteter Irrtum. Der Neckar fließt nicht durch Stuttgart, sondern sozusagen an der Stadt vorbei, genauer: zwischen Bad Cannstatt und Stuttgart.»

Carmen wechselte abrupt das Thema. «Der Mann, den ich suche, heißt Pedro Gonzales. Er hat alle drei Morde nach dem gleichen Muster begangen. Die Opfer wurden jedes Mal brutal erwürgt. Wobei er sich eines Instruments bedient haben muss, das wie eine Garotte funktioniert. Und im Todeskampf hat er sich dann an den Frauen vergangen.»

«Garotte?» Gächter konnte mit dem Begriff nichts anfangen.

«Damit wurden früher bei uns in Spanien zum Tod Verurteilte hingerichtet. Es ist eine Würgemaschine.»

«Ist ja grauenhaft», entfuhr es Gächter.

Der Klang von Carmens Stimme veränderte sich plötzlich. «Ich *muss* ihn kriegen.»

Gächter sah zu ihr hinüber. Ihr Gesicht war jetzt hart, um den schönen Mund lag ein scharfer Zug. «Eigentlich kein Job für eine Frau», sagte er.

«Wir in Spanien haben eine Statistik, nach der Frauen bei solchen Verbrechen eine wesentlich höhere Aufklärungsquote haben als Männer.»

«Ich glaube nicht, dass es bei uns eine solche Statistik gibt. Dafür müssten wir auch mehr Frauen bei der Polizei haben. Wie lange planen Sie denn, in Stuttgart zu bleiben?»

«Kommt drauf an … Übrigens: Bei uns sprechen sich alle Kollegen mit den Vornamen an. Ich heiße Carmen.»

«Günter.»

«Ein sehr deutscher Name, nicht wahr?»

Als sie auf dem Parkplatz vor dem Polizeipräsidium einfuhren, fragte Carmen, indem sie nahtlos zum «Du» überging: «Der Mann, den du festgenommen hast, was hat der verbrochen?»

«Er hat die Prostitution in der Stadt beherrscht. Wahrscheinlich kontrolliert er sie noch immer. Vom Knast aus. Und er hat einen ganz üblen Frauenhandel aufgezogen. Aus Polen, Tschechien und Ungarn hat er Mädchen angeworben, denen er Jobs als Model versprochen hat. Die Methoden, mit denen er sie dann zur Prostitution zwang, waren mehr als menschenverachtend.»

Carmen sah Gächter prüfend an. «Du hasst ihn, nicht wahr?»

«Und wie.»

«Ich versuche solche Gefühle immer auszublenden. Auch gegenüber Gonzales.»

«Lasse – so heißt der Mann – hasst mich auch», sagte Gächter. «Er redet sich ein, ich hätte seine Freundin absichtlich getötet. Dabei war er es doch selber. Er hätte nur anhalten müssen.»

Als sie zur Eingangstür gingen, hakte sich Carmen kurz bei Gächter ein. «Du darfst die Dinge nicht so dicht an dich heranlassen.»

10

Der Schlosser Birkenmeier war ein typischer schwäbischer Handwerksmeister: unfreundlich, aber gewissenhaft und halbwegs zuverlässig.

«Hano», sagte er zu Bienzle, «des ischt jo net grad a Auftrag, nach dem mr sich alle zehn Finger schleckt – a Schloss auswechsle. Mir machet grad in Fellbach drauße einen Wohnblock. Alle Schlosser- und Installateurarbeiten bei vierundsechzig Einheiten …»

«So was lohnt sich natürlich», sagte Bienzle.

«Ach, ganget Se mr doch weg, was lohnt sich denn heut überhaupt no? Um so einen Auftrag zu kriege, muss ich doch im Preis ronder, dass es dr Sau graust!»

«Hat Ihnen Herr Pesoa eigentlich gesagt, warum er das Schloss austauschen lassen wollte?»

«Ja, freilich. Er hat g'sagt, bei ihm sei scho zweimal eibrocha, aber nix g'stohle worde.»

«Jetzt nochmal: Es wurde eingebrochen, aber es ist nichts weggekommen?»

«Hat er g'sagt! Ich frag mich bloß, warom bricht dann oiner ei? Des ischt ja grad, wie wenn i a Flasch Trollinger aufmach ond ich schütt ihn nachher weg.»

«Des dät mir au ned g'falle», sagte Bienzle. «Aber warum hat er ausgerechnet das Wohnzimmerschloss auswechseln lassen?»

«Ich hab ihm halt geraten, auf Nummer Sicher zu gehen und nach und nach lieber gleich alle Schlösser auszuwechseln …»

Birkenmeier grinste verschmitzt und bestätigte, dass er die alten Klinken herausgenommen habe, dass aber die neuen, passenden, noch auf sich warten ließen. Der Hersteller habe Lieferschwierigkeiten.

«Und solang hab ich dann halt a paar Baustellenklinken eing'setzt. Sieht zwar net schön aus, aber 's funktioniert.»

11 Der Gerichtsmediziner Dr. Kocher hatte erfahren, Bienzle habe die Mordwaffe gefunden, und war neugierig zu hören, was es war. Aber im Büro traf er nur Kerstin Dänhardt an. Sie konnte seine Frage nicht beantworten.

«Ja», sagte Kocher voller Verständnis zu der jungen Beamtenanwärterin, «der Bienzle ist halt manchmal schon ein arger Eigenbrötler.»

Kerstin wurde einer Antwort enthoben, weil just in diesem Moment Gächter mit seiner spanischen Kollegin hereinkam. Kocher riss die Augen auf und schätzte sich glücklich, dass er gerade jetzt bei der Mordkommission war, um auf Bienzle zu warten. Als die Spanierin ihm die Hand reichte, deutete er einen Handkuss an, was bei ihm durchaus professionell wirkte und Carmen in keiner Weise aus dem Konzept brachte. Sie nahm die kleine Huldigung mit viel Anmut entgegen. Kocher stellte sich vor, wobei er nach seinem Doktortitel eine kleine Kunstpause machte.

Da klang es schon anders, als Kerstin Dänhardt sagte: «Hi, ich bin die Kerstin. Das Fahndungsfoto von Gonzales haben wir noch am Wochenende rausgegeben.» Sie zog aus einem Stapel Akten den Fahndungsaufruf heraus und strich ihn auf der Tischplatte glatt.

«Ja, das ist er», sagte Carmen. «Ich habe ein paar Adressen, wo er sich aufhalten könnte.»

«Okay», meinte Kerstin, «die können wir ja mal zusammen abklappern.»

«Lass mal, das mach ich schon mit Carmen», sagte Gächter schnell.

Kerstin schaute überrascht und gespielt beeindruckt auf. Man duzte sich also schon! «Mit Carmen, aha. Ich habe gar nicht gewusst, dass du von der schnellen Truppe bist, Günni!» Sie wusste, dass es Gächter auf den Tod nicht ausstehen konnte, wenn man ihn so nannte.

Bienzle kam herein. Als er Carmen entdeckte, zeigte er sich weit weniger beeindruckt als Kocher. «Ah, die Kollegin aus Pamplona, nehme ich an. Grüß Gott.» Er gab ihr flüchtig die Hand und setzte sich hinter seinen Schreibtisch. «Miguel Pesoa ist mit einer Türklinke ermordet worden.»

Nur Kerstin bemerkte, dass Carmen Esteban auf den Namen reagierte.

Kocher machte eine Bewegung, als ob er eine Tür aufklinken wollte, und führte dann eine Stichbewegung gegen eine imaginäre Person, wobei er die Klinke in der Hand zu halten schien. «Das passt», sagte er dann.

«Der Mörder hat die Klinke danach in die Tür montiert. Das muss man sich mal vorstellen! Nach so einer Tat bringt der's noch fertig, in aller Ruhe die Klinke einzubauen.» Jetzt sah Bienzle zu Carmen auf, die noch immer stand. «Sagt Ihnen der Name Miguel Pesoa etwas?»

«Er ist Literaturwissenschaftler, glaube ich.»

«Stimmt genau. Und er war Kommunist.»

«Ich glaube, ich habe seinen Namen noch in einem anderen Zusammenhang gehört. Wenn Sie wollen, rufe ich mal die Kollegen in Barcelona an.»

«In Spanien duzen sich übrigens alle bei der Polizei», warf Gächter ein.

«Bei ons net», gab Bienzle knapp zurück. Und zu Carmen gewandt, fuhr er fort: «Wir werden eine offizielle Anfrage an die Polizeidirektion in Barcelona richten.»

Gächter begleitete Carmen Esteban zur Waffenkammer. Ein Beamter im grauen Arbeitsmantel überreichte der spanischen Kollegin eine Walther PK. Carmen wog die Waffe in der Hand und deutete einen Schuss an. Der Beamte gab ihr ein Magazin mit Patronen und zwei kleine Kartons mit

Munition. Carmen kam mit dem Magazin nicht gleich zurecht.

«Darf ich?», fragte Gächter eifrig.

Er zeigte ihr, wie man das Magazin in die Waffe schob, arretierte und sicherte. Dabei umfasste er ihre Hand, die noch immer die Pistole hielt. Carmen sah kurz auf. Ihre Blicke trafen sich und hielten sich für einen kurzen Augenblick gegenseitig fest.

Als Gächter sie losließ, sagte Carmen: «Liegt gut in der Hand.»

Der Beamte schob ein Holster über den Tisch und danach gleich einen Packen Formulare. «Wenn Sie hier bitte unterschreiben würden. In dreifacher Ausfertigung. Und ich muss noch die Daten aus Ihrem Pass und Ihrem Dienstausweis übertragen.»

Carmen gab ihm die Ausweise und legte dann das Holster an. Auch dabei half ihr Gächter nur allzu bereit. Carmen steckte die Waffe in das Futteral und zog die Jacke darüber. Sie wollte sich abwenden, wurde aber von dem Beamten nochmal aufgehalten.

«Unterschreiben bitte!»

12

Die Gefangenen in der Vollzugsanstalt Stuttgart-Stammheim marschierten zum Essen. Hajo Lasse lehnte an der Tür zu seiner Zelle und drehte sich eine Zigarette.

Gerd Haberstroh, ein Mann um die vierzig, der als Kalfaktor arbeitete und nach sieben Jahren Haftzeit einer der besten Kenner des Gefängnisses war, blieb bei ihm stehen. «Willst du nicht mit zum Essen?»

«Nee!»

Haberstroh zuckte mit den Schultern. Er kannte das.

Neulinge brauchten einige Zeit, bis sie sich in die Gruppe integrierten. Von Lasse wusste man, das er regelmäßig Fresspakete kriegte, und die kamen vom besten Feinkosthaus in Stuttgart.

Haberstroh wollte weiter. Lasse hielt ihn auf. «Hey, Gerd, kann ich mal was mit dir besprechen?»

Haberstroh schaute sich sichernd um. «Der Verkehr zwischen Untersuchungs- und Strafgefangenen ist verboten.»

Lasse grinste dreckig. «Wer redet denn gleich von Verkehr? Sag mir lieber: Wie kommt man hier raus?»

Wieder sah sich Haberstroh um. Dann senkte er die Stimme: «Es geht nur mit Geld oder Gewalt.»

«Wie viel Geld?»

«Mindestens hunderttausend.»

«Da kann ich ja gleich eine Kaution stellen.»

Haberstroh lachte. «Bei dreifachem Mord?» Er ging weiter, sagte dabei aber über die Schulter: «Kannst es dir ja überlegen.»

Es dauerte keine halbe Stunde, da war Haberstroh schon wieder da.

Hajo Lasse saß in seiner Zelle, rauchte und blätterte lustlos in einer Illustrierten. Die Tür wurde aufgeschlossen. Ein Vollzugsbeamter ließ Gerd Haberstroh herein, blieb aber, an den Türbalken gelehnt, stehen, wobei er immer wieder sichernd den Korridor hinauf- und hinunterschaute.

«Also, pass auf», begann Haberstroh ohne Vorrede.

Lasse hob den Kopf und sah den Kalfaktor aus schmalen Augen an. «Ich pass immer auf!»

Haberstroh ließ sich dadurch nicht irritieren. «KK-1 und ich haben einen Plan.»

«Wer ist KK-1?» Lasse warf seine Kippe auf den Fußboden und trat sie aus.

Kosslick antwortete durch die Zähne, ohne die Lippen zu bewegen: «Das bin ich. Kurt Kosslick.»

Haberstroh warf ein: «Es gibt noch Karl Krause – das ist KK-2.»

«Sehr originell ...»

«Also, unser Plan ... Es ist allerdings ein verdammtes Risiko.»

«Das ganze Leben ist ein Risiko!»

«Und es darf auf keinen Fall herauskommen, dass alles mit seinem Einverständnis geschieht.» Dabei deutete er mit dem Daumen auf den Vollzugsbeamten KK-1.

«Komm endlich zur Sache, Mann!»

«Erst die Sache mit dem Geld», stieß Kosslick zwischen den Zähnen hervor.

«Wie viel?»

«Achtzig Mille für KK-1, zwanzig für mich», antwortete Haberstroh.

«Und wo schicke ich die Kohle hin?»

Kosslick trat einen Schritt in die Zelle. «Gar nirgends. Die übergibst du uns hier, vorher passiert gar nichts!»

13 Bienzle und Kocher hatten beschlossen, miteinander essen zu gehen. Das war seit langer Zeit das erste Mal. Seitdem Kocher eine Affäre mit Hannelore angefangen hatte, unter der Bienzle gelitten hatte wie ein Hund, war ihr Verhältnis angespannt. Erst ganz allmählich änderte sich der Ton zwischen ihnen wieder. Aber auch jetzt noch beschränkten sie sich im Allgemeinen auf dienstliche Gespräche. Diesmal war es der Mordfall Pesoa.

«Es gibt überhaupt kein erkennbares Motiv», sagte Bienzle. Er aß Linsen mit Spätzle und Saitenwürstchen. Kocher hatte ein Wiener Schnitzel mit warmem Kartoffel-Gurken-Salat bestellt. «Kein Raub, kein Vandalismus …»

«Na ja, aber Mord langt doch.» Kocher kaute auf beiden Backen.

«Ich meine nicht vorgestern. Die Male davor.»

«Wieso, ist schon mal bei Pesoa eingebrochen worden?»

«Mehrfach. Deshalb hat er ja das Schloss auswechseln lassen.»

«Ja, das muss man einem Dummen doch sagen!»

«Jetzt hab ich's Ihne ja g'sagt.» Bienzle hatte sich dazu durchgerungen, einen Grantschener Riesling zu bestellen, obwohl er sonst vor Einbruch der Dunkelheit niemals Alkohol trank. Allerdings hatte der Mediziner Kocher gerade gesagt, Wein sei eigentlich kein Alkohol, sondern ein Genussmittel.

«Übrigens, wo Sie schon Doktor sind …» Bienzle schob seinen Teller von sich. «… Ich hab's seit a paar Wochen saumäßig im Kreuz.»

Kocher bedauerte. Da müsse sich Bienzle an einen Orthopäden wenden. Im Übrigen sei das ja neuerdings eine Volkskrankheit. Gut ein Drittel der Menschen über dreißig litten darunter.

«Des ischt für mich auch kein Trost», gab Bienzle gnatzig zurück.

Trotzdem war die Situation zwischen den beiden plötzlich merklich entspannt. Und so wagte Kocher auch zu fragen: «Und daheim ist alles okay?»

Bienzle sah ihn unter seinen buschigen Augenbrauen hervor an, entschloss sich dann aber zu nicken. «Ich bin zufrieden.»

Kocher nickte ebenfalls, als ob er sagen wollte: Was will

man mehr? Bienzle hätte sich allerdings auch eher die Zunge abgebissen, als ihm zu sagen, Hannelore male jetzt wunderschöne junge nackte Männer und das treibe ihn mehr um, als er ihr sagen könne.

Auch Kocher war bestrebt, das Thema zu wechseln. «Die junge spanische Kollegin ...» Er pfiff leise durch die Zähne und ließ den Rest des Satzes in der Luft hängen.

«Schöne Mädle gebet wüschte Weiber, heißt's bei uns ...»

Kocher nickte. Er kannte natürlich auch die Fortsetzung: «... Aber Sach bleibt Sach!»

So hatten es Schwaben schon seit hundert Generationen begründet, wenn sie wegen des Geldes heirateten.

14

Es war nicht leicht zu fahren. Der Schnee blieb jetzt an manchen Stellen liegen. Die Fahrbahn war rutschig. Gächter und Carmen befanden sich auf dem Weg zur ersten Adresse auf ihrer kleinen Liste.

Die Spanierin hatte ihrem deutschen Kollegen gerade erzählt, dass sie studiert habe, bevor sie in den Polizeidienst eingetreten sei.

«Braucht man denn bei euch ein Jurastudium?», fragte Gächter.

«Nein, aber es schadet auch nichts. Als ich anfing, war eine Frau bei der Kriminalpolizei noch sehr ungewöhnlich. Und da war es gut, eine besondere Qualifikation zu haben. Wie bist du dazu gekommen?»

«Über die normale Ochsentour.»

«Ochsentour ... Ist Ochse nicht ein Tier?»

Gächter grinste. «Ein Rindvieh, um genau zu sein – ein kastrierter Stier ...»

Carmen lachte eine ganze Tonleiter hinauf, wurde aber

gleich darauf wieder ernst. Sie fröstelte. «Mein Gott, habt ihr immer solches Wetter hier?»

Gächter schüttelte nachdrücklich den Kopf. «Eigentlich eher selten.»

Die Schneewolken verdunkelten den Himmel mehr und mehr. Es schneite nun richtig. Die Scheibenwischer schafften die nasse Masse auf der Frontscheibe kaum beiseite zu schieben. Gächter sah jetzt immer öfter in den Rückspiegel und den linken Außenspiegel.

«Ist was?», fragte Carmen.

«Sieht so aus, als würden wir verfolgt.»

Carmen fuhr herum und warf einen Blick durch die schneebedeckte Rückscheibe. Viel war freilich nicht zu erkennen.

«Hast du eine Erklärung dafür?», fragte Gächter.

Carmen war sichtlich nervös geworden, überspielte das aber. «Das muss mit einem eurer Fälle zu tun haben.»

«Kann ich mir nicht vorstellen.»

Gächter schaltete einen Gang herunter, gab Gas, bremste plötzlich, riss das Steuer herum, gab wieder Gas und schleuderte in eine schmale Seitenstraße, in die er eigentlich laut Gebotsschild gar nicht einbiegen durfte. Als er den Wagen wieder gerade gezogen hatte, warf er einen Blick in den Rückspiegel. Das andere Auto war ihm nachgekommen. Gächter trat voll auf die Bremse, stieß rückwärts in einen Hof hinein, hatte allerdings Mühe, auf die Straße zurückzukommen, denn hier war unter dem Schnee die Nässe zu Eis gefroren. Die Reifen drehten durch, und erst als Gächter den zweiten Gang einlegte und sein Fahrzeug mit wenig Gas vorsichtig anrollen ließ, griffen sie wieder.

Die Gasse war nach beiden Seiten leer. Nichts zu sehen von einem Verfolgerfahrzeug.

Carmen lächelte erleichtert. «Entweder du hast ihn abgehängt wie ein echter Profi, oder du hast dich getäuscht …»

»… wie ein echter Anfänger», vervollständigte Gächter den Satz. Er fuhr zur Hauptverkehrsstraße zurück und fädelte sich dort wieder in den Verkehr ein. «Und wie lebst du so in Pamplona?», fragte er sie anschließend.

«Ich lebe alleine, wenn du das meinst. In unserem Beruf kann man sich an niemanden binden.»

Gächter seufzte. «Ja, leider. Bei uns ist das nicht anders …» Er schaute in den Rückspiegel. «Da sind sie wieder …»

Carmen öffnete ihren Sitzgurt, drehte sich um und kniete sich auf den Beifahrersitz. «Ich kann nichts erkennen.»

Vor Gächter fuhr ein Linienbus, der sich gerade anschickte, eine Haltestelle anzusteuern. Gächter überholte ihn in allerletzter Sekunde und stoppte seinen Wagen dicht davor. Der Fahrer hupte und schlug sich mit der flachen Hand vor die Stirn. Er musste so abrupt bremsen, dass die Fahrgäste, die schon aufgestanden waren, um sich zu den Ausgängen zu bewegen, von den Füßen gerissen wurden und durcheinander purzelten. Gächter hatte dem Bus zudem nur so viel Platz in der Haltebucht gelassen, dass er mit dem hinteren Teil noch auf der Straße stand und den nachfolgenden Verkehr blockierte.

Gächter nahm eine kleine Digitalkamera aus dem Handschuhfach und sprang aus dem Auto.

«Was hast du denn vor?», rief ihm Carmen nach.

Aber das hörte er schon gar nicht mehr. Er rannte zur Fahrertür des Busses, drängte sich durch die verärgerten aussteigenden Passagiere hinein und stoppte die Schimpfkanonade des Fahrers, indem er ihm seinen Polizeiausweis unter die Nase hielt. «Gächter, Mordkommission. Wenn's nicht wichtig wäre, hätte ich's nicht gemacht!»

Der Gang zwischen den Sitzen war jetzt fast leer. Gächter

rannte nach hinten zur Heckscheibe, suchte sich eine Lücke zwischen dem nassen Schnee, der in Fladen an der Außenseite der Scheibe hinunterrutschte, und fotografierte in schneller Folge die beiden Männer, die jetzt aus ihrem Wagen ausgestiegen waren. Er hatte die zwei noch nie gesehen. Einer der beiden, ein groß gewachsener, breitschultriger Mann, bei dessen Figur man unwillkürlich an einen Leistungssportler denken musste – Diskus, Hammerwurf, vielleicht auch Zehnkampf –, ging an der Längsseite des Busses entlang nach vorne.

Carmen Esteban war auf den Fahrersitz hinübergerutscht und beobachtete die Straße durch den linken Außenspiegel. Sie sah den Mann kommen. Kurz entschlossen legte sie den Gang ein und fuhr los. Der Mann stoppte abrupt und kehrte zu seinem Fahrzeug zurück. Im gleichen Augenblick sprang Gächter durch die hintere Tür aus dem Omnibus, der daraufhin sofort anfuhr. Der Verkehr setzte sich wieder in Bewegung. Das Verfolgerfahrzeug glitt an Gächter vorbei. Die beiden Männer unterhielten sich wild gestikulierend und schienen sich nicht für ihn zu interessieren.

Die Haltebucht war leer. Gächters Dienstwagen war verschwunden. In Sekundenschnelle rasten die verrücktesten Gedanken durch Gächters Kopf. Was wusste er überhaupt von der schönen Spanierin? Die Ausweise konnten getürkt sein. War sie auf raffinierte Weise bei der Polizei eingeschleust worden? Immerhin hatten sie gerade zwei Fälle gehabt, in denen internationale Verbrechersyndikate eine Rolle gespielt hatten: Zigarettenschmuggel in großem Stil und Frauenhandel. In beiden Fällen war es zu mehreren Morden gekommen, und nicht das Wirtschaftsdezernat, sondern die Mordkommission hatte die Schuldigen gefunden und die Ringe auffliegen lassen.

So weit war er mit seinen Gedanken, als ein Wagen dicht neben ihm ausrollte. Carmen stieg aus und kam auf der Frontseite um das Fahrzeug herum.

«Besser, du fährst wieder, ich kenne mich ja in Stuttgart nicht aus.»

Gächter starrte sie sprachlos an. «Was war jetzt das?»

«Wir haben doch den ganzen Verkehr aufgehalten. Da hab ich gedacht, ich fahre einmal um den Block. Und da bin ich wieder!»

Sie strahlte ihn aus ihren braunen Augen an. Alle Gedanken, die Gächter gerade noch gedacht hatte, legte er nun unter «Hirngespinste» ab.

15

Bienzle hatte die Anfrage nach Barcelona formuliert, und Kerstin Dänhardt hatte sie den spanischen Kollegen zugemailt. Bislang weigerte sich Bienzle standhaft, sich der neuen Kommunikationstechnik zu bedienen, war aber gleichwohl von ihren Möglichkeiten fasziniert. Dass er sich nicht dazu entschließen konnte, sich ernsthaft damit zu beschäftigen, lag nur daran, dass er Angst hatte, er könne dabei scheitern.

Deutlich erinnerte er sich an eine Erfahrung in seiner Jugend, als er mit knapp sechzehn Jahren zum ersten Mal telefonieren sollte. Von Tübingen nach Dettenhausen. Entfernung dreizehn Kilometer. Er sollte im CVJM eine Aufgabe übernehmen und seine Eltern unterrichten, dass er erst am späten Abend nach Hause kommen würde. Die Nachbarn in der Gastwirtschaft zur Sonne hatten Telefon. Bienzle war nicht in der Lage, den Hörer in die Hand zu nehmen. Er weigerte sich. Der Jugendsekretär wollte ihn aus pädagogischen Gründen zwingen, das Telefongespräch zu führen. Der junge Bienzle blieb standhaft – aus einer Angst, die er nicht begründen konnte. Schließlich hatte damals der Jugendsekretär in Dettenhausen angerufen. Es hätte sonst sein können, dass Bienzle, den er gut gebrauchen konnte, aus der ganzen Jugendarbeit ausgestiegen wäre.

Schon dreißig Minuten nachdem Kerstin die Anfrage losgeschickt hatte, kam die Antwort. Professor Miguel Pesoa galt als Sympathisant der baskischen Untergrundbewegung Eta, die er mit Geld und gelegentlich auch mit Texten für ihre Zeitschrift unterstützte. Er besaß ein kleines Haus in Pamplona, in dem er sich aber niemals mit Eta-Aktivisten traf. Dagegen nahmen die spanischen Kollegen an, dass er in Deutschland eine Anlaufstelle für die Mitglieder der baskischen Freiheitsbewegung war.

«Jetzt haben wir den Salat!», sagte Bienzle.

«Warum?», wollte Kerstin wissen.

«Wenn der Klinkenmörder politische Motive hatte, wird's ganz schwer für uns.»

16

Gächter und Carmen erreichten den Stuttgarter Neckarhafen. Es war nicht viel los hier. Ein Lastkahn, der aus Rotterdam gekommen war, wurde entladen, ein zweiter lag träge am Kai und wartete darauf, irgendwann beladen zu werden.

«Wie war die Adresse nochmal?», fragte Gächter.

«Bollermann-Kai 17.»

«Dass es hier Hausnummern gibt ...», wunderte sich der Kommissar.

Nachdem er noch zweimal nachgefragt hatte, fand er eine kleine Reihe von Schiffen, die offenbar als Wohnboote genutzt wurden. Tatsächlich – hier hatte alles seine Ordnung: Die Schiffe trugen Hausnummern.

Gächter und Carmen blieben noch einen Augenblick im Wagen sitzen. «Du hast also keine Erklärung dafür, dass wir verfolgt wurden?», fragte er.

Carmen schüttelte den Kopf. «Gonzales ist ein Einzeltäter. Der hat zwar gute Verbindungen im Milieu, wahrscheinlich auch hier in Stuttgart, aber keine Komplizen. Das muss mit einem eurer Fälle zu tun gehabt haben.»

Gächter sagte: «Okay, das kriegen wir raus», und stieß die Tür auf. Über ein schwankendes Brett gingen sie zu Nummer 17 hinüber. Gächter klopfte mit der Faust gegen die Tür, die der Besitzer beim Abriss eines Jugendstilhauses bekommen haben musste. Niemand meldete sich.

Der Kommissar klopfte nochmal und rief: «Polizei. Machen Sie auf!»

Aber es erfolgte keine Reaktion. Gächter untersuchte das Schloss und zog dann ein Schweizer Taschenmesser aus der Tasche. Er klappte eine schmale Klinge aus und schob sie zwischen Tür und Rahmen.

«So ganz legal ist das aber nicht, was du da machst», sagte Carmen.

«Wenn der kommt, werd ich's ihm schon erklären.»

Im gleichen Augenblick sprang die Tür auf.

Der niedrige Raum, der wohl als Wohnzimmer diente, war karg eingerichtet – eine Couch, ein Tisch, ein Stuhl, ein offenes Regal. Eine Glühbirne hing an einem Kabel von der Decke. Der Bewohner des Schiffes hatte eine Schnur durch den Raum gezogen, an der seine Kleider hingen. Auf einem zweiten Tisch vor einem Bullauge stand ein Computer, der eingeschaltet war. Ein Bildschirmschoner zeigte bunte Kugeln, die sich ruhelos bewegten.

Gächter begann sofort den Raum zu durchsuchen. Man

sah, dass er darin Routine hatte. Beiläufig fragte der Kommissar: «Wie bist du an die Adresse gekommen?»

«Durch die Aussage einer Frau, die eine Zeit lang mit Gonzales zusammengelebt hat.» Carmen ging in den Nebenraum, um sich dort umzuschauen.

Gächter schloss schon bald die Durchsuchung des Hauptraumes ab. «Nichts, was auf eine Verbindung nach Spanien hindeutet.»

«Aber hier!», rief Carmen aus dem Nebenraum. «Der Besitzer des Schiffs hat offenbar Besuch aus Spanien.»

Gächter ging rasch zu ihr hinüber. Carmen wies auf einen Kleiderhaken, der an der Wand festgemacht war. Dort hingen übereinander ein Hemd, eine Jacke und ein weiteres Hemd. Carmen nahm die Kleidungsstücke nacheinander ab und zeigte Gächter die eingenähten Etiketten.

«Da – die Jacke stammt aus einem Laden auf den Rhamblas in Barcelona.» Sie bückte und hob ein paar Schuhe vom Boden auf. «Die hier auch.» Sie fasste in die Jacke hinein und zog eine Restaurant-Quittung heraus. «Hostal del Sol – da geh ich auch manchmal essen.»

«Schade, dass der Vogel ausgeflogen ist», sagte Gächter.

«Man sollte das Schiff ab sofort rund um die Uhr observieren …»

Gächter lachte auf. «Hast du eine Ahnung von unserer Personalsituation! Das müsstest du schon selber machen.»

«Ich hab leider um drei Uhr einen Termin bei unserem Generalkonsulat. Habt ihr wirklich nicht genügend Leute?»

«Ich kann's versuchen, aber bis das organisiert ist …»

«Und du? Bist du nicht für den Fall freigestellt?»

«Ja … doch … schon …»

«Gut, ich fahre jetzt zum Konsulat. Wir treffen uns gegen Abend bei mir im Hotel, ja?»

«Und wie kommst du von hier weg?»

«Es gibt doch Taxis, und du hast ein Handy. Bist du so nett und rufst mir eins?»

Gächter wurde langsam klar, dass sie das Gesetz des Handelns Stück um Stück an sich brachte und auf dem besten Weg war, ihn zum Hilfssheriff zu degradieren. Aber er hatte keine Ahnung, wie er sich dagegen wehren sollte. Ja, er wusste nicht einmal, ob er sich dagegen wehren wollte.

17

Frau Schlotterbeck war vierundsechzig Jahre alt. Für Miguel Pesoa putzte sie schon seit über zwanzig Jahren. «Da lernt man einen Menschen kennen», sagte sie in bemühtem Hochdeutsch zu Bienzle.

Er hatte sie in ihrem kleinen Häusle in Kaltental aufgesucht. Das hatte ihr Mann noch weitgehend eigenhändig gebaut.

«Krumm g'legt hat er sich dafür, und wie er endlich fertig g'wese ischt, hat er sich hing'legt und ist gschtorbe!»

Seitdem sei sie allein, und manchmal leide sie schon sehr an sich selber und an der Welt. Und da habe sie halt der Herr Professor Pesoa oft wieder aufgerichtet. Immer habe er ein freundliches Wort für sie gehabt. Sie habe ihn nie schlecht gelaunt erlebt.

Ob der Herr Professor denn oft Besuch aus Spanien gehabt habe, wollte Bienzle wissen.

«Ja, regelmäßig», sagte Frau Schlotterbeck. Sie habe dann beim Böhm ein Buffet bestellt und sei dem Herrn Professor abends zur Hand gegangen. Früher sei sie mal Serviererin im Ratskeller gewesen. «Und so was verlernt man net!»

Bienzle fragte, ob er sich setzen dürfe.

«Ich bin aber auch a Dubbel», sagte Frau Schlotterbeck, «dass ich Ihne net amal an Platz anbiet …» Wie es denn mit einem Kaffee wäre?

«Ja, gern», sagte Bienzle.

Sie saßen dann auf zwei unbequemen Stühlen an einem Biedermeiertischchen, das dicht vor dem Fenster stand. Von hier aus hatte man einen schönen Blick auf Frau Schlotterbecks gepflegtes Gärtchen, das, für Bienzle überraschend, von Blumen dominiert wurde und nicht von Salat, Gemüsen und Beerensträuchern.

Der Hausfrau standen Tränen in den Augen. «Das war ein Mann, in den hätt man sich verlieben können, wenn das nicht so unpassend gewesen wär …»

«Unpassend?»

«Na ja, zwischen so einem und mir sind doch Welten.» Wieder bemühte sie sich, Hochdeutsch zu reden. «Aber er hat sich nie was drauf eingebildet.»

«Erinnern Sie sich noch an einzelne Leute, die bei ihm zu Besuch waren? Haben Sie vielleicht sogar den einen oder anderen Namen im Gedächtnis?»

Frau Schlotterbeck schüttelte den Kopf. «Die klingen für uns ja alle so fremdländisch», sagte sie. «Einen hat er immer mit José angesprochen. So mit einen ‹Ch› vorne – Chosé. Daran erinnere ich mich noch, weil's den doch auch in der Oper ‹Carmen› gibt – Don José heißt er dort. Aber sonst … tut mir Leid.»

«Macht nichts», sagte Bienzle freundlich. «Jetzt zu was anderem. Der Schlosser Birkenmeier hat mir erzählt, dass schon mehrfach in Herrn Pesoas Villa eingebrochen worden sei.»

Frau Schlotterbeck senkte die Stimme und sagte geheimnisvoll: «Das war ein Mysterium!»

Bienzle ging auf ihren Ton ein: «Was Sie nicht sagen.»

«Doch. Der Mensch ist immer dann in die Villa eingestiegen, wenn der Herr Professor für acht oder vierzehn Tage in Spanien gewesen ist. Ich bin in der Zeit meistens nur ein- oder zweimal 'nauf in die Villa. Und grad so, als ob er meine Zeiten kennt hätt, war der Einbrecher immer dann net da! Ich hätt mich ja auch zu Tod erschrocken ... Zum Glück hat's mir der Professor erst neulich erzählt, wie er den Schlosser b'stellt hat.»

«Also, wie muss man sich das vorstellen?» Bienzle beugte sich zu Frau Schlotterbeck hinüber. «Der ist eingestiegen, und was hat er dann da gemacht?»

«Gewohnt!»

«Hmm», machte Bienzle und trank den letzten Schluck Kaffee. Den selbst gebackenen Sandkuchen von Frau Schlotterbeck hatte er liegen lassen.

«Es gibt so Leut!», sagte Frau Schlotterbeck, als ob sie sich verteidigen müsste.

Das mochte ja sein. Bienzle hatte so etwas zwar noch nie gehört. Aber es gab viel, was es gab und wovon er noch nie gehört hatte.

«Sind Sie jetzt enttäuscht?»

«A bissle schon», gab Bienzle zurück. «Wissen Sie denn auch nichts über seine deutschen Freunde?»

«Ja, nach denen haben Sie mich ja nicht gefragt.» Frau Schlotterbeck war leicht eingeschnappt.

«Dann frag ich Sie jetzt!»

«Also, da war natürlich der Professor Keck. Der war oft da. Und die Frau Lobental. Ich glaub, sie ist Jüdin, auf jeden Fall sieht sie so aus, und reich ist sie auch.»

«Seine Freundin?»

«Nein, das wär dann schon eher das Fräulein Opitz gewesen.» Frau Schlotterbecks Mund wurde gleichzeitig spitz und schmal.

«Wissen Sie auch den Vornamen von Frau Opitz?»

«Fräulein», insistierte Frau Schlotterbeck. «Gesine, wenn ich's recht weiß.»

Bienzle notierte sich die Namen. «Sie können mir sicher auch sagen, wo ich die beiden Damen finde.»

Er griff nun doch nach einem Stück Sandkuchen, biss hinein und nickte höchst anerkennend, was Frau Schlotterbecks Laune sichtlich besserte.

Frau Lobental arbeite in der Landesbibliothek, sagte sie. «Die Opitz hat eine eigene Galerie in der oberen Alexanderstraße.»

Nun, den Rest werde er herausfinden, sagte Bienzle, verdrückte sein Stück Kuchen vollends und ließ Frau Schlotterbeck seine Visitenkarte da.

Sie schaute drauf und sagte: «Bienzle, da gibt's in Vaihingen droben einen guten Metzger.»

«Ja», bestätigte der Kommissar, «aber wir sind nicht miteinander verwandt.» Er war nun schon an der Haustür. «Ich find den Weg.»

Er wusste nicht so recht warum, aber er hatte keine Lust, Frau Schlotterbeck die Hand zu geben.

18

Gächter hatte sich weiter auf dem Schiff umgesehen, aber nur wenige Hinweise auf den Bewohner gefunden. Schließlich entdeckte der Kommissar unter einem abgetretenen Sisalteppich eine kleine quadratische Falltür, nicht größer als 40 mal 40 Zentimeter. Eine eiserne Leiter führte in einen dunklen Raum im Schiffsbauch hinab.

Gächter riss sein Feuerzeug an, um nach einem Lichtschalter zu suchen. Der war direkt neben dem Durchstieg an der Decke angebracht. Als das Licht aufflammte, entdeckte Gächter eine kleine Werkbank, ein schmales Regal und mehrere Kisten. Er stieg vollends hinab. Unter der Tischplatte der Werkbank, links und rechts neben einem Schraubstock, waren zwei große Schubladen. Er zog die Linke auf, hielt aber mitten in der Bewegung inne. Das Schiff schwankte. Dann waren Schritte zu hören.

Gächter hastete die Leiter hinauf, schloss die Falltür, zog den Sisalteppich darüber und eilte auf Zehenspitzen zum Eingang. Er zog seine Dienstwaffe und stellte sich dicht daneben an die Wand. Mit dem Daumen entsicherte er die Pistole.

Die Tür öffnete sich einen Spalt. Gächter machte einen halben Schritt nach vorne und führte seine linke Hand zur Klinke. Er wollte die Tür ruckartig aufreißen, um den Ankömmling zu überrumpeln.

Aber in diesem Augenblick zog der Mann auf der Schwelle die Tür nochmal kurz an sich und schlug sie dann mit aller Kraft gegen die Wand bzw. Gächters Kopf. Der Kommissar sackte zusammen und war für einen Moment bewusstlos. Blut sickerte aus seiner Schläfe.

Der Mann machte einen Schritt über Gächter hinweg, hob dessen Waffe auf und warf sie in weitem Bogen hinaus ins Neckarwasser. Dann durchsuchte er den Kommissar, studierte seinen Dienstausweis und steckte ihn in die Innentasche des Jacketts zurück. Er durcheilte den Raum, riss den Sisalteppich vom Boden, zog die Falltür auf und verschwand in der Tiefe des Schiffsbauchs.

Gächter kam langsam wieder zu sich. Er tastete seine Stirn ab und spürte das warme Blut. Mühsam setzte er sich auf die Knie.

In diesem Augenblick tauchte der Fremde wieder auf. Gächter sah ihn wie durch einen Schleier. Jetzt hatte der Mann einen Koffer und einen Rucksack bei sich. Die Kleider, die im Nebenzimmer an einem Haken gehangen hatten, trug er über dem Arm. In der rechten Hand hielt er eine Pistole.

Er stellte sich dicht vor den Kommissar und zielte auf dessen Stirn. Gächter war wie gelähmt – überzeugt, dass der Mann gleich abdrücken würde. Aber dann senkte der Fremde die Waffe und ging rasch hinaus. Die Tür zog er hinter sich zu. Ein Schlüssel drehte sich im Schloss. Dann hörte Gächter nur noch das Aufklatschen des Schlüssels auf dem Wasser und davoneilende Schritte.

19

Im Büro versorgte Bienzle die Wunde an Gächters Stirn. «Wie ein Anfänger», sagte er.

«Ich mach mir schon selber Vorwürfe genug», knurrte Gächter.

«Der Mann war doch gewarnt», warf Kerstin Dänhardt ein. «Der wusste, dass du auf dem Schiff warst. Fragt sich nur, von wem?»

«Was wissen wir überhaupt über Frau Esteban?», fragte Bienzle.

«Dass sie eine Kollegin ist – immerhin», antwortete Kerstin.

«Können Sie das beschwören?»

Kerstin schaute Bienzle aufmerksam an. Sein Misstrauen war ja nur logisch.

«Sie hat sich ausgewiesen – außerdem ... aua!» Gächter jaulte auf, weil Bienzle nun Jod in die Wunde träufelte.

«Bös muss Bös vertreiben», raunzte Bienzle. «Das hat scho mei Mutter immer g'sagt!»

«Wo war unsere spanische Kollegin überhaupt?», fragte Kerstin.

«Sie ist eine halbe Stunde vorher weggegangen – zum spanischen Generalkonsulat. Sie hat dort einen Termin gehabt …»

Bienzle beendete seine Sanitätsübungen an Gächter, zog ein Telefonbuch zu sich heran und suchte die Nummer des spanischen Generalkonsulats heraus. Als er sie gefunden hatte, wählte er.

Währenddessen fragte Kerstin: «Und was ist nun mit deiner Waffe?»

Gächter gab misslaunig zurück: «Keine Ahnung.»

«Hast du den Verlust schon gemeldet?»

Gächter wurde immer gereizter. «Ja, wann denn?»

Bienzle hatte jetzt eine Verbindung. «Hauptkommissar Bienzle, Kripo Stuttgart. Ich bin auf der Suche nach einer spanischen Kollegin, die mit uns zusammenarbeitet und gerade einen Termin bei Ihnen hat – Carmen Esteban. Na ja, ich nehme an, bei Ihrer Sicherheitsabteilung … Ja, ich warte …»

Gächter fuhr herum. «Was soll denn das? Du glaubst mir wohl nicht?»

Aber Bienzle schnitt ihm das Wort ab: «Jetzt nimm's nicht gleich wieder persönlich …» Dann sprach er ins Telefon: «Ja, Bienzle, Kripo Stuttgart … Ist Frau Esteban …? Ach, sie ist schon wieder weggegangen. Wissen Sie, wo ich sie jetzt erreiche? … Trotzdem vielen Dank. Wiederhören.» Er legte auf und wendete sich wieder seinen Kollegen zu. «Also, sie war dort, und sie hat auch den Rang einer Kommissarin, zumindest hat er so von ihr gesprochen: Frau Kommissarin Esteban …»

«Ja natürlich, was denn sonst?», schnappte Gächter.

«Dr Teufel ist a Eichhörnle», sagte Bienzle, «und deshalb muss auch nicht jede Frau eine Kommissarin sein, die sagt, sie sei eine Kommissarin.»

«Dein Misstrauen ist ja krankhaft!»

Kerstin hatte inzwischen die Digitalkamera in die Hand genommen, die auf Gächters Schreibtisch lag. «Was ist denn damit?»

Sie schaltete den Bildmonitor ein. Die beiden Verfolger, die Gächter aus dem Omnibus heraus fotografiert hatte, tauchten auf.

Gächter sagte: «Das sind die Bilder von den beiden Männern, die uns verfolgt haben.»

Bienzle fuhr herum: «Was denn, ihr seid verfolgt worden? Das würde doch bedeuten, dass dieser Gonzales wissen müsste ...»

Gächter unterbrach ihn: «Wer sagt denn, dass die Typen was mit Carmens Fall zu tun haben? Es kann sich genauso gut um einen unserer Fälle handeln.»

Kerstin hatte die ganze Zeit keinen Blick von den Bildern gewandt, die sie schnell durchlaufen ließ. «Also, ich kenn die Visagen nicht.» Sie nahm die kleine Diskette heraus und steckte sie in das Laufwerk des Computers. Die Bilder erschienen nun nacheinander auf dem großen Bildschirm. «Wie hast du die denn gemacht?», fragte sie Gächter.

«Aus einem Bus heraus.»

«Ja, jetzt wüsste man gerne, wer die beiden Herren sind», sagte Bienzle. «Interessante Aufgabe für Sie, Dänhardt!»

20

Es war schon nach sieben Uhr, als Gächter an Carmens Zimmertür im Hotel klopfte. Sie starrte ihn entsetzt an, nachdem sie ihm geöffnet hatte. Das Blut war verkrustet. Die Wunde hatte einen blauvioletten Hof.

«Mein Gott, was ist denn passiert?»

«Ich fürchte, Gonzales ist mir durch die Lappen gegangen», sagte Gächter niedergeschlagen. Er hätte so gerne einen besseren Eindruck auf sie gemacht.

«Durch die Lappen ... was meinst du? Lappen sind Lumpen oder so, nicht wahr?»

«Er hat mich überrumpelt – wie einen Anfänger.»

«Komm erst mal rein.»

Sie traten in ihr Zimmer. Überall lagen Kleider und Schriftstücke herum.

Carmen lachte. «Ich brauche maximal zehn Minuten, um überall, wo ich hinkomme, das absolute Chaos anzurichten.» Sie sammelte rasch die herumliegenden Papiere ein und schob sie in ihren Koffer. Kleider und Dessous ließ sie liegen. «Wahrscheinlich hat uns Gonzales schon beobachtet, als wir auf das Schiff gegangen sind.»

Gächter nickte. «Das muss so sein. Jedenfalls hat er gewusst, dass ich ihm auflauere.»

«Schade, dass du verletzt bist. Ich hab gehört, Gonzales sei hier im Spanischen Club gesehen worden ... Da wollte ich jetzt hin. Aber es ist vielleicht sowieso besser, wenn ich alleine gehe.»

Gächter straffte die Schultern und drückte das Kreuz durch. «So schlecht geht's mir gar nicht. Ich komme natürlich mit!»

21

Hajo Lasse und Gerd Haberstroh hatten sich in eine verschwiegene Ecke des Gefängnisses verzogen. Dort, wo zwei der kahlen Gänge aufeinander stießen, standen einige Stühle um einen Tisch herum. Licht fiel durch ein paar Glasbausteine in der Mauer. Einige Grünpflanzen kümmerten in Töpfen vor sich hin. Lasse telefonierte mit einem Handy, und Haberstroh passte auf, dass er dabei nicht gestört wurde.

«Okay! Die Hunderttausend in gemischten, vom Leben gezeichneten Scheinen, ja? Die gibst du dem Rechtsanwalt mit ... Der weiß schon, wie er sie hier reinbringt.» Lasse schaltete ab, schaute sich sichernd um und drückte Haberstroh das Telefon heimlich in die Hand.

«Macht einen Heiermann», sagte der.

«Wofür?»

«Ist der Tarif für einmal Telefonieren.»

«Das ist in den zwanzig Mille für dich mit drin.»

Lasse ließ Haberstroh einfach stehen und ging den Gang hinunter. Ein Neuzugang kam ihm entgegen, ein kleiner, dünner Mann. Er trug die Erstausstattung für die Zelle (Decken, einen Schlafanzug, einen Arbeitsanzug, einen Essnapf, einen Becher, Besteck) auf den Armen. Begleitet wurde er von einem Vollzugsbeamten. Als der kleine Gefangene an Lasse vorbeikam, stellte ihm der ein Bein. Der Neue stürzte hin. Was er auf den Armen getragen hatte, verteilte sich auf dem Korridor und rollte zum Teil laut scheppernd eine Treppe hinunter.

Lasse grinste. «Hier drin musst du verdammt aufpassen, dass dir keiner ein Bein stellt!» Und zu dem Vollzugsbeamten sagte er: «Stimmt's, Herr Wachtmeister?»

Der kleine Gefangene ging auf die Knie und begann seine Sachen zusammenzusuchen. Der Vollzugsbeamte schüttelte in Lasses Richtung nur nachsichtig und mit einem schiefen Grinsen den Kopf.

22 Um die gleiche Zeit rollte ein Kripodienstwagen vor dem Wohnschiff am Bollmann-Kai aus. Kerstin Dänhardt saß am Steuer, Bienzle auf dem Beifahrersitz.

«Warum machen wir das eigentlich?», fragte Kerstin.

«Dem Gächter zuliebe.»

«Sind Sie eigentlich befreundet – der Günni und Sie?»

Bienzle gab einen undefinierbaren Ton von sich. «Freundschaft – mit solchen Worten bin ich vorsichtig.»

«Sie sind doch eigentlich beide Hauptkommissare», sagte Kerstin nach ein paar Augenblicken des Schweigens.

«Mhm», machte Bienzle.

«Aber es sieht immer so aus, als wären Sie sein Vorgesetzter.»

«So? Ischt mir no gar net aufg'falle.»

«Ist aber so. Warum lässt er sich das gefallen?»

«Das macht wahrscheinlich meine natürliche Autorität», sagte Bienzle ohne jeden Anflug von Ironie. Doch dann schob er seinen Körper plötzlich hoch. «Da kommt einer!»

Ein junger Mann fuhr auf einem Fahrrad heran. Er steuerte das Schiff mit der Nummer 17 an.

Als er angekommen war, stieg er vom Fahrrad und fingerte einen Schlüssel aus der Hosentasche. Er war um die dreißig und trug Klamotten aus Naturmaterialien, dazu Birkenstocksandalen. Seine langen blonden Haare hatte er in einem Zopf zusammengebunden.

Der Schlüssel klemmte. Der junge Mann beugte sich hinab und untersuchte das Schloss. Er sah dort offensichtlich die Kratzspuren von Gächters Taschenmesser. Ruckartig richtete er sich auf und schaute sich alarmiert um. Bienzle und Kerstin konnten nicht erkennen, ob er sie entdeckt hatte. Dann betrat er das Schiff.

«Ja, dann wollen wir mal», sagte Bienzle und wuchtete seinen schweren Körper aus dem Auto.

Im gleichen Augenblick flog die Eingangstür des Schiffes auf, und der junge Mann kam überhastet wieder heraus. Er schnappte sich sein Fahrrad, schob es im Laufschritt an und sprang in den Sattel. Er trat so heftig in die Pedale, dass das Hinterrad auf dem gekiesten Weg durchdrehte.

Bienzle rief: «Einen Augenblick, junger Mann, bleiben Sie mal stehen!»

Der Angesprochene dachte nicht daran. Bienzle griff unter seine Jacke, aber wie so oft hatte er auch diesmal keine Waffe bei sich. Der Mann auf dem Fahrrad schlug einen Bogen um den Kommissar. Bienzle fluchte ihm leise hinterher und blieb tatenlos stehen.

Kerstin Dänhardt hatte inzwischen den Motor gestartet. Sie fuhr auf den Radfahrer zu und stellte keine zwei Meter vor ihm den Wagen quer. Der junge Mann wurde förmlich aus dem Sattel katapultiert, landete auf der Motorhaube, überschlug sich und ging auf der anderen Seite des Autos zu Boden.

Kerstin sprang aus dem Wagen. Sie hatte ihre Waffe griffbereit. «Keine Bewegung!»

Der junge Mann hob im Liegen die Hände und grinste Kerstin an. «Bitte nicht schießen», sagte er.

Bienzle stapfte auf dem Kiesweg heran. Er nickte Kerstin anerkennend zu. Dann beugte er sich über den Mann und half ihm auf die Beine. «Sind Sie verletzt?»

«Nur innerlich.»

«Name?»

«Michael Lebert, wohnhaft Bollmann-Kai 17. Beruf Feinmechaniker. Arbeitslos – nicht aus Not, sondern aus Überzeugung.»

«Wir müssen Sie bitten, mit uns aufs Polizeipräsidium zu kommen.»

«Und warum?»

«Des wird sich dann scho rausstelle», sagte Bienzle und räumte das Fahrrad zur Seite. Das Vorderrad war eingebeult, der Reifen platt.

Kerstin fühlte sich bemüßigt, Lebert doch eine weitergehende Erklärung zu geben. «Ein Kollege von uns ist auf Ihrem Schiff überfallen und zusammengeschlagen worden.»

«Auf meinem Schiff? Und wie ist er da hinaufgekommen?»

Bienzle schaute Kerstin vielsagend an. Am liebsten hätte er mit einem seiner Lieblingssätze geantwortet: «Wer viel schwätzt, redet leicht amal zu viel.» Aber er ließ es angesichts der Situation. Stattdessen sagte er zu Lebert: «Um eine Hausdurchsuchung werden Sie jedenfalls nicht herumkommen.»

Lebert zuckte mit den Schultern. «Ich hab nichts zu verbergen.»

«Umso besser. Wer war denn der Spanier, der vorübergehend bei Ihnen gewohnt hat?»

«Enrice Fuentes ...»

Bienzle legte die Stirn in Falten. «Kommt mir irgendwie bekannt vor.»

«Ja, es gibt auch einen Schriftsteller, der so heißt. Carlos Fuentes.»

Jetzt nickte Bienzle nachdrücklich. Er erinnerte sich. «Ja, das war's.» Zu Kerstin sagte er: «Rufen Sie einen Streifenwagen. Die Kollegen sollen Herrn Lebert abholen.»

«Und was machen wir?»

«Was anderes», sagte Bienzle, holte aus dem Handschuhfach des Dienstwagens ein Paar Handschellen und fesselte Lebert damit. «Für alle Fälle, es ist besser so!»

Lebert protestierte. «Sie behandeln mich hier wie einen Verbrecher!»

«Ja, sieht so aus, gell?», sagte Bienzle.

Der Streifenwagen kam fünf Minuten später. Bienzle kannte die Kollegen von einem Lehrgang, auf dem er im Frühjahr einen Gastvortrag gehalten hatte.

«Er kommt in die Arrestzelle bei uns. Ich will ihn heut noch verhören», sagte er zu den uniformierten Beamten.

Als der Streifenwagen weggefahren war, betraten Bienzle und Kerstin das Schiff. Gächter hatte ihnen von der Falltür erzählt. Nach seiner Beschreibung war sie leicht zu finden.

Der Kommissar hatte einige Mühe, sich durch die enge Luke zu quetschen. «Ich muss abnehmen», sagte er zu sich selber. «Und für mein Kreuz muss ich auch was tun.»

«Was haben Sie gesagt?» Kerstin war oben geblieben, um zu sichern.

«Nichts Wichtiges», grummelte der Kommissar.

Michael Lebert verbrachte seine Zeit offenbar mit komplizierten technischen Basteleien. Die Metallgegenstände, die er anfertigte, standen auf der Werkbank und auf den improvisierten Regalen herum. Kaum dass man sie berührte, bewegten sie sich. Bienzle vermutete, dass es sich um Kunst handeln sollte.

Er zog die Schublade auf, die schon Gächter geöffnet hatte, als er durch den Ankömmling gestört worden war. Was darin verborgen war, hatte allerdings nichts mit Kunst zu tun. Kabel, Batterien, Sprengstoff – daraus baute man keine Mobiles, sondern Bomben!

Bienzle rief zu Kerstin hinauf: «Jetzt muss die Spurensicherung her!»

«Ohne richterliche Durchsuchungsanordnung?», fragte Kerstin.

«Ohne Bürokratie, ja. Und zwar sofort.»

23 Carmen und Gächter betraten den Spanischen Club. Draußen wies ein Schild darauf hin, dass Montag Ruhetag sei. Die Tür war trotzdem offen.

Auf der Bühne, die als Halbrund in den großen Raum hineinragte, der mit runden Tischen und hochlehnigen Stühlen möbliert war, trainierte ein Tanzmeister mit einer Tänzerin einen Kastagnettentanz bzw. einen Flamenco-Auftritt. Carmen und Gächter schauten eine Weile zu.

Gächter mochte die Musik, die vom Band kam und ihm gefielen auch die geschmeidigen Bewegungen der Frau, die sich kaum von der Stelle rührte, aber in kurzen, schnellen stampfenden Schritten mit ihren breiten Absätzen den Rhythmus aufs Parkett hämmerte. Ihr Becken ließ sie dabei leicht kreisen. Die Arme, die sie hoch über ihren Kopf gestreckt hatte, bewegte sie aus der Schulter heraus in leichten Schlangenlinien. Die Kastagnetten in ihren Händen skandierten den Rhythmus, den die Schuhe vorgaben.

Gächter wandte den Blick von der Tänzerin ab und sah zu Carmen hinüber. Die hatte begonnen, ihren Körper ein wenig im Rhythmus der Musik zu bewegen. Ihre Finger schnalzten im Takt, sie warf ihren Kopf in den Nacken. Die schwarzen Locken flogen aus der Stirn. Dann wurden ihre Bewegungen stärker, ausgreifender, und ihre Hüften begannen zu kreisen. Gächter konnte seine Augen nicht von ihr wenden. Eine heiße Welle überflutete seinen Körper. Noch nie hatte er eine Frau so begehrt wie Carmen in diesem Augenblick.

Plötzlich brach die Musik ab. Sie war von einem Mann abgestellt worden, der jetzt auf die Tanzfläche trat. Er war ein eleganter, sehr selbstbewusst und kühl wirkender Herr um die fünfzig. Als er sprach, war sein spanischer Akzent deutlich zu hören. «Bewerben Sie sich als Tänzerin?»

Carmen fing sich schnell wieder. Es klang kühl und beherrscht, als sie antwortete: «Nein, ich bin aus ganz anderen Gründen da. Carmen Esteban», stellte sie sich vor. «Und das ist Señor Gächter. Er arbeitet mit mir zusammen.» Sie zeigte ihren Polizeiausweis. «Können wir irgendwo in Ruhe miteinander reden?»

Mit einer angedeuteten Verbeugung stellte sich nun auch der Mann vor. «Carlos Aslan. Kommen Sie in mein Büro …»

Die drei verließen den Tanzsaal. Der Tanzmeister schaute ihnen mit einem scheelen Blick hinterher, wandte sich dann aber wieder der Tänzerin zu und sagte: «So, Mädle, dann mache mr a bissle weiter.» Er sagte es in unverfälschtem Schwäbisch, während er die Musik wieder einschaltete.

Gächter drehte sich nochmal kurz um. «Sind Sie Schwabe?»

Der Mann lächelte ihn an. «Habet Sie des net g'wusst? Mr Schwoba send die Spanier Deutschlands!»

Auch in Aslans Büro hörte man noch gedämpft die Flamencomusik von draußen.

«Dürfen Sie als Spanierin hier überhaupt ermitteln?», fragte Aslan auf Spanisch.

Carmen antwortete deutsch: «Seitdem wir Mitglied der EU sind, ist vieles leichter geworden, auch die grenzübergreifende Fahndung nach Schwerverbrechern. Im Übrigen sollten wir uns Herrn Gächter zuliebe auf Deutsch unterhalten.»

Aslan bot den beiden Stühle an.

Carmen schob ein Foto des gesuchten Gonzales über den Tisch. «Kennen Sie den Mann?»

Gächter glaubte ein Flattern in Aslans Augen zu erkennen. Aber er hatte sich sofort wieder in der Gewalt. «Nein, nie gesehen.»

«Er soll gestern Abend hier gewesen sein», warf Gächter ein.

Carmen schickte einen schnellen Blick zu ihm hinüber. Sie wollte das Gespräch lieber alleine führen.

Aslan sagte: «Dann wäre er einer von über fünfhundert Gästen gewesen. Ich kann mich beim besten Willen nicht an alle erinnern. Was interessiert Sie denn an ihm?»

«Der Mann ist ein mehrfacher Mörder», antwortete Carmen.

Gächter schob nach: «Ein Frauenmörder!»

Sie warf ihm einen leicht genervten Blick zu.

Aslan schüttelte ungläubig den Kopf. «Dieser Mann? Er sieht gar nicht so aus … Wenn Sie wollen, mache ich eine Kopie von dem Bild und zeige es allen meinen Angestellten. Wir rufen Sie dann sofort an, wenn er wieder hier auftaucht.»

Er nahm das Foto, legte es in einen Kopierer, stellte eine Zahl ein und ließ das Gerät einen Stapel Fotokopien ausdrucken. Währenddessen fragte er Carmen: «Waren Sie mal Tänzerin?»

«In meinen Studententagen. Ich bin mit einer baskischen Truppe aufgetreten.»

24

Lebert saß Bienzle an dessen Schreibtisch gegenüber. Kerstin Dänhardt arbeitete am Computer. Auf ihrem Bildschirm tauchten immer wieder die Bilder von den beiden Männern auf, die Gächter und Carmen in ihrem Wagen verfolgt hatten. Kerstin glich verschiedene Dateien miteinander ab.

Lebert hatte die Beine weit von sich gestreckt und seine Arme über die Rückenlehne des Stuhls gehängt. «Ich weiß gar nicht, was Sie wollen – ich habe viele Freunde in Spanien.»

«Ist da auch ein gewisser Pedro Gonzales dabei?», fragte Bienzle.

«Nein.» Das kam schnell und entschieden.

«Und wie hieß gleich nochmal der, der Sie besucht hat?»

«Sagte ich doch schon: Enrice Fuentes.»

«Und woher kennen Sie ihn?»

«Ich hab ihn bei meinem letzten Studienaufenthalt in Barcelona kennen gelernt.»

«Was studieren Sie denn so in Barcelona?»

«Maschinenbau. Außerdem will ich mein Spanisch verbessern.»

«Können Sie sich erklären, warum Ihr Freund unseren Kollegen niedergeschlagen und mit einer Waffe bedroht hat?»

«Er wird ihn für einen Einbrecher gehalten haben.»

«Aber danach hat er seine Siebensachen zusammengepackt und ist verschwunden ...»

Lebert hob die Schultern. «Das wundert mich allerdings auch. Eigentlich ist das nicht seine Art.»

Kerstin rief herüber: «Wie heißt der Mann nochmal?»

«Enrice Fuentes.»

«Ich bin nämlich gerade mit Barcelona verbunden.» Sie tippte ein paar Worte in den Computer ein.

Lebert fragte Bienzle: «Kann sie denn Spanisch?»

«Das läuft alles auf Englisch.»

Kerstin stöhnte auf. «Also, schneller als wir sind die auch nicht. Die versprechen mir eine Antwort für morgen Nachmittag.»

Bienzle lehnte sich zurück und streckte die Beine aus. Seine Füße trafen Leberts Füße. Beide entschuldigten sich und zogen ihre Beine wieder zu sich heran.

Bienzle hakte die Daumen in den Hosenbund. «Und jetzt erklären Sie uns noch, für wen Sie Bomben bauen.»

«Bitte?» Lebert starrte ihn an.

«In den beiden Schubladen Ihrer Werkbank befindet sich genug Material, um mindestens zehn Sprengkörper herzustellen.»

«Blödsinn!»

Zum ersten Mal wurde Bienzle laut: «Versuchen Sie bloß nicht, uns für dumm zu verkaufen! Die Spurensicherung arbeitet seit einer Stunde in Ihrer Werkstatt. Die Kollegen kennen sich da ganz gut aus!»

«Aber wenn Sie da so was gefunden haben, gehört es nicht mir.»

«Sondern?»

«Fuentes, nehme ich an. Und ich fänd's ganz schön fischig, wenn der meine Werkstatt dazu benutzt hätte ...»

«Hat er sie denn benutzt?»

«Nicht direkt. Er ist mir ein paar Mal zur Hand gegangen. Meine Arbeiten haben ihn sehr interessiert.»

«Und Sie wollen nicht bemerkt haben, dass er da eigene Materialien versteckt hat?»

Lebert winkte ab. «Ich komme in letzter Zeit so selten in meine Werkstatt ...»

«Das glauben wir doch nicht, oder?», fragte Kerstin Bienzle.

«Ich glaub sowieso scho lang bloß noch die Hälfte», gab der bissig zurück.

25

Gächter hatte Carmen zu ihrem Hotel gefahren. Sie blieben noch einen Augenblick im Auto sitzen. Carmen fasste nach seiner Hand.

«Wenn du hoffst, dass ich dich noch hinaufbitte, muss ich dich enttäuschen. Nicht, dass ich mir das nicht wünschen würde …»

«Aber?»

«Wir Spanier haben uns zwar in den letzten Jahren viele neue Freiheiten gegönnt, aber ich bin sehr katholisch.»

«Und was heißt das?»

«Die Dinge dürfen sich nicht zu schnell entwickeln. Aber wenn du mich jetzt küssen würdest, wäre das im richtigen Tempo.»

Sie rückte nahe zu ihm heran und hob ihren Mund. Gächter legte seine Arme um sie, zog sie an sich und küsste sie. Es war dann Carmen, die den Kuss mehr und mehr intensivierte.

Als beide wieder Luft bekamen, stieß sie atemlos hervor: «Wir haben doch gesagt, dass man sich in unserem Beruf an niemanden binden kann …»

«Aber verlieben kann man sich trotzdem», sagte Gächter, dem etwas schwindlig geworden war.

«Ja, und dagegen kommt man mit der Vernunft auch gar nicht an.»

Carmen schlang ihre Arme um seinen Hals und küsste ihn leidenschaftlich. Gächter streichelte sie. Als er ihre Brüste berührte, ließ sie es geschehen, nur ihr Atem beschleunigte sich, und als er die Hand in ihren Schoß gleiten ließ, sagte sie: «Los, komm. So katholisch bin ich dann auch wieder nicht.»

Die beiden stiegen aus und gingen eng umschlungen auf das Hotel zu. Als die Tür hinter ihnen ins Schloss gefallen war, löste sich aus einem dunklen Hauseingang auf der gegenüberliegenden Straßenseite ein Mann und ging rasch den Gehsteig hinunter.

26

Es war schon spät, als Bienzle nach Hause kam. Im Treppenhaus passte ihn trotzdem noch sein Vermieter ab.

Der Kommissar grüßte den bald achtzigjährigen Hausbesitzer freundlich. «'n Abend, Herr Spiess.»

Der erwiderte den Gruß nicht, sondern ging Bienzle sofort an: «Sie sind mit der Kehrwoch' dran.» Man sah ihm förmlich an, dass er sich etwas vorgenommen hatte.

«Ja und?», fragte Bienzle. «Es ist doch alles sauber.»

«Vorgestern hab ich dieses trockene Laubblättle hier auf die Treppe g'legt.» Er bückte sich und hob das Corpus Delicti mit spitzen Fingern auf. «Und heut liegt's immer noch da. Es ist also nicht gekehrt worde, geschweige denn gewischt!»

Bienzle grinste den Alten fröhlich an. Er konnte ihm nicht böse sein. «Sie könntet glatt bei uns anfange», sagte er und stieg weiter die Treppe hinauf.

Aber Spiess hielt ihn nochmal auf: «Und dann, wer bei Ihne so verkehrt!» Er sagte das, als ob er Ungeheuerliches wüsste.

Bienzle drehte sich um. «Hä?»

«Da kommt immer so oiner, der sieht doch glatt aus wie a Callboy.»

«Ihre Phantasie möchte ich haben», knurrte Bienzle, nun schon nicht mehr so gut gelaunt.

«Ja, da hat's mir nie dran g'fehlt», gab Spiess bissig zurück. «Ich kann mir scho vorstella …»

Bienzle unterbrach ihn. «Lasset Se's! Bitte lasset Se's lieber.» Ohne sich weiter um ihn zu kümmern, stapfte er mit schweren Schritten vollends die Treppe hinauf.

Spiess maulte ihm hinterher: «Das Laster nistet dort, wo's Nahrung findet!»

Bienzle fand Hannelore in der Küche. Sie bereitete gerade einen bunten Salat zu.

«Boris schon weg?», fragte er und nahm sich ein Radieschen, auf dem er herumknabberte.

«Schon seit einer Stunde.» Hannelore wandte sich ihm zu und legte ihre Arme um seinen Hals. «Er sitzt mir nur Modell, Bienzle!»

Der zerbiss krachend das Radieschen. «Das wär ja au noch amal schöner!», mümmelte er hervor. «Aber wenn du den stundenlang da so hingegossen siehst, musst du doch auch merken, was du mit mir für an Kruscht dahoim hascht.»

«Was hab ich ‹dahoim›?»

«Na ja, der Vergleich ist halt nicht besonders schmeichelhaft für mich.»

Hannelore zog seinen Kopf zu sich herunter und küsste ihn auf den Mund. Danach sagte sie: «Ach geh – jeder ist auf seine Weise schön.»

27

Gächter war die Nacht bei Carmen geblieben. Jetzt lag er mit geschlossenen Augen, aber hellwach neben ihr auf dem französischen Bett. Egal, was passierte, diese Nacht würde er nie in seinem Leben vergessen. Er hatte nicht gewusst, zu wie viel Leidenschaft und Glück er fähig war. In vier Jahren wurde er fünfzig. Liebe war schon seit langer Zeit ein Fremdwort für ihn, und er hatte einfach nicht damit gerechnet, dass sie ihm nochmal begegnen würde.

«Spiel doch kein Theater, du bist hellwach», hörte er sie sagen.

Blinzelnd öffnete er die Augen. Carmens Gesicht war dicht über ihm. Ihre schönen Augen waren ernst. Sie schüttelte ganz leicht den Kopf wie jemand, der einfach nicht glauben kann, was er sieht.

Gächter sagte: «Ich fürchte, ich habe mich in dich verliebt …»

Carmen legte ihren Zeigefinger auf seine Lippen. «Ich habe Kaffee bestellt», sagte sie. «Für Punkt acht Uhr. Er muss gleich da sein. Vorher will ich dir aber noch etwas sagen … Mein Auftrag …»

Sie kam nicht dazu weiterzureden. Es klopfte an der Tür. Carmen warf locker ihren Morgenmantel über den nackten Körper und öffnete. Sie gab der jungen Kellnerin ein Trinkgeld und kam mit dem Tablett ins Bett zurück.

«Ich bin ganz Ohr», sagte Gächter.

«Gleich. Ich gehöre zu den Menschen, die nie zwei Dinge gleichzeitig tun können. Kaffee einschenken und wichtige Erklärungen abgeben – das geht nur nacheinander.»

Das Telefon klingelte. Gächter nahm ihr die Kaffeekanne aus der Hand. «Telefonieren und einschenken geht dann bestimmt auch nicht.»

Carmen meldete sich und wurde sofort ernst. Sie sprach schnell und zunehmend erregt in spanischer Sprache. Gächter verstand kein Wort. Als sie auflegte, stieß sie die Luft aus, als ob sie sie die ganze Zeit angehalten hätte. Gächter schaute sie fragend an.

«Mein Chef aus Barcelona …», sagte sie.

«Und was wolltest du mir gerade sagen, als der Anruf kam?»

Carmen antwortete lahm: «Na ja, ich bin nicht so, wie du vielleicht denkst. Noch nie in meinem Leben bin ich mit einem Mann gleich in der ersten Nacht ins Bett gegangen. Das wollte ich dir sagen.»

«Ich dachte, du wolltest mir etwas über deinen Auftrag erzählen.»

«Ja, das auch, aber das ist jetzt nicht so wichtig …» Plötzlich schien sie sehr weit weg zu sein.

Gächter sah sie von der Seite an, nippte an seinem Kaffee und sagte dann: «Du hast doch jetzt hoffentlich keine Gewissensbisse ...»

Carmen horchte dem Wort nach. «Gewissensbisse? Nein, mein Gewissen wird kein bisschen gebissen. Komisch, nicht wahr?»

«Finde ich nicht. Wenn man liebt, ist alles möglich.»

Carmen stellte ihre Kaffeetasse auf den Nachttisch, nahm dann auch seine Tasse und stellte sie weg. Sie drängte ihren Körper gegen seinen und umklammerte ihn fest. Sie sagte nichts und atmete nur schwer. Dann grub sie ihren Kopf in seine Halsbeuge und zitterte plötzlich am ganzen Körper.

«Wovor hast du Angst?», fragte Gächter.

«Nicht reden», flüsterte sie.

Als sie eine halbe Stunde später aus dem Hotel traten, fragte Gächter: «Kommst du mit ins Präsidium?»

«Ja. Mein Chef hat mir gesagt, er habe eine Menge Unterlagen zu euch ins Büro gemailt.»

28

Bienzle war an diesem Tag schon sehr früh aufgestanden. Das passierte ihm in letzter Zeit immer häufiger. «Senile Bettflucht» nannte er das nur halb im Scherz. Seit einiger Zeit wurde ihm sein Alter immer bewusster. Er hatte die fünfundfünfzig überschritten, und die Zeit lief so schnell wie nie zuvor in seinem Leben. Gerade war noch Sommer gewesen und jetzt ging es schon wieder auf Weihnachten zu. «Um's Numgucka bischt fünfundsechzig und musst in Pension», hatte er gestern nach dem Essen zu Kocher gesagt. Für ihn war das keine schöne Vorstellung. Das Alter war doch für die meisten Menschen eine Kränkung.

Und was sollte er auch tun, wenn er einmal im so genannten Ruhestand sein würde? Er gehörte nicht zu den Leuten, die ein Hobby hatten, das sie ausfüllte. Gärtnern war das Letzte, was er getan hätte. Als Kind hatte er seiner Mutter in zwei riesigen Gemüsegärten helfen müssen. Am schlimmsten waren die regenlosen Sommerwochen gewesen. Gartenschläuche, die man nur an einen Wasserhahn anzuschließen brauchte, hatte es damals bei ihnen nicht gegeben. Also musste er mit zwei Eimern das Wasser vom Bach zum Garten hinaufschleppen. Bis zu sechzigmal am Tag hatte er den Weg zu machen – runter zum Bach, die Eimer in die Strömung halten, hochziehen und dann die fünfzig Meter zum Garten hinaufstapfen. Von einem gewissen Zeitpunkt an glaubte er immer, seine Arme würden mehr und mehr in die Länge gezogen. Im Stillen hatte er damit gerechnet, sie würden eines Tages so lang sein, dass die Eimer am Boden schleiften.

Er las gerne, aber er konnte ja nicht immer lesen. Hannelore würde immer zeichnen und malen. Künstler hatten es gut, solange ihnen etwas einfiel, und wenn sie sich am Ende nur noch einbildeten, dass ihnen etwas einfiele, war's auch nicht schlimm.

Bienzle ging unter die Dusche, wärmte einen Kaffee vom Vortag in der Mikrowelle auf, was Hannelore für eine Banauserie gehalten hätte, trank ihn in schnellen Zügen und verließ das Haus. Zu Fuß ging er in die Stadt hinunter. Er lief an der Geroksruhe vorbei, zum Bubenbad und dann die Sünderstaffel hinunter, bis er in der Pfitzerstraße herauskam. Zeit war noch genug. Also bog er nach links in die Alexanderstraße, überquerte die Hohenheimer und suchte sich einen Weg durchs Bohnen- und das Leonhardtsviertel. Er unterquerte die B 14 durch die Marquardtpassage und ging an den Schaufenstern des Kaufhauses vorbei.

Plötzlich blieb er stehen. Die männliche Puppe, die sie da in dem Sessel platziert hatten, sah verdammt echt aus. Und was sich die Werbestrategen heute so ausdachten!

«Der passt ja in die Wohnung wie der Rossbolla auf d'Autobahn», sagte Bienzle leise zu sich selbst.

Die Schaufensterpuppe sollte einen etwa vierzigjährigen Mann darstellen, der zu korpulent und sehr nachlässig gekleidet war. Obwohl der Winter – wenn auch verfrüht – schon begonnen hatte, trug der Mann Sandalen an seinen nackten Füßen. Die Jeans waren ausgebleicht. Der grüngelb gestreifte Pulli hatte längst seine Form verloren. Und die Haare verlangten dringend nach einer Wäsche und nach dem Friseur.

Bienzle konnte sich nicht wegbewegen. Er hatte keine Ahnung, was ihn so fesselte. Noch wusste er es nicht! Und dann wusste er es doch. Die Schaufensterpuppe räkelte sich plötzlich in dem bequemen Ohrensessel, der Oberkörper legte sich über die rechte Armlehne, und aus der linken Hosentasche zog der Mann ein Taschentuch hervor. Die Figur lebte. Sie putzte sich die Nase, stand aus dem Sessel auf und verließ das Schaufenster ohne Hast durch eine Tapetentür in der Rückfront.

Bienzle schüttelte den Kopf wie ein Hund, der aus dem Wasser kommt. Tief in Gedanken ging er weiter.

29

«So früh schon, Herr Rechtsanwalt?», sagte der Vollzugsbeamte an der Pforte zur Justizvollzugsanstalt Stuttgart-Stammheim.

«Man kann sich's nicht immer aussuchen», gab Dr. Holfreter zurück. Er war einer der bekanntesten Strafverteidiger in Stuttgart, stand aber in dem Geruch, nicht genügend Distanz zu seinen Mandanten zu halten. Deshalb hatten die Vollzugsbeamten auch die Anweisung, ihn bei jedem Besuch eines Gefangenen besonders genau zu kontrollieren.

Holfreter ließ sich geduldig abtasten. Dann hob er zwei Aktenordner aus einer Koffertasche, packte sie am Rücken und schüttelte sie so, dass alles, was lose zwischen den Blättern hätte liegen können, herausgefallen wäre. Danach ließ er vor den Augen des Vollzugsbeamten die Seiten über die Daumen blättern.

«Danke», sagte der Uniformierte an der Pforte und betätigte den elektrischen Öffner für die Schleuse.

Lasse saß schon im Besuchsraum, als Holfreter hereinkam. Ein Beamter auf einem Stuhl an der Wand bewachte ihn. Der Rechtsanwalt ließ sich Lasse gegenüber nieder und schob die beiden Aktenordner über den Tisch. «Als Erstes sollten Sie meinen Antrag auf Befangenheit gegenüber Richter Mußgnug lesen.»

Holfreter schlug die Akte auf. Etwa ab der Mitte war in die DIN-A4-Seiten eine Kuhle hineingeschnitten, die bis zum hinteren Aktendeckel reichte. In dieser Kuhle ruhte ein Bündel Bares. Das Geld war mit durchsichtigem Klebeband fixiert. Lasse zog den Aktenordner zu sich heran und beugte sich über ihn.

Holfreter steckte sich eine Zigarette zwischen die Lippen, stand auf und trat zu dem Vollzugsbeamten, wobei er darauf achtete, dass er die Sicht auf Lasse verdeckte. «Haben Sie gerade mal Feuer?»

«Aber Sie wissen doch, Herr Doktor, neuerdings ist hier drin das Rauchen verboten.»

«Finden Sie das richtig?»

«Ich habe hier nix zu finden. Ich mach nur meinen Dienst», sagte der Beamte.

Lasse hatte inzwischen das Geld aus der Akte herausgefingert und unter seinem Hemd verwahrt. «Ich finde, das ist ein hervorragender Schriftsatz, Herr Doktor!»

Holfreter wandte sich wieder seinem Mandanten zu. «Das sind natürlich Vorgefechte», sagte er. «Unser Problem ist, dass die Beweislage so erdrückend ist.»

«Sonst würde ich ja auch nicht so einen berühmten Anwalt brauchen», gab Lasse zurück.

30

Als Gächter und Carmen ins Präsidium kamen, telefonierte Bienzle gerade mit dem Chef des Kaufhauses. Die kleine Szene am frühen Morgen hatte ihn nicht losgelassen. Den Kaufhauschef kannte er flüchtig. Vor drei, vier Jahren – Bienzle ertappte sich immer wieder dabei, dass er vergangene Zeitspannen nicht mehr richtig einschätzte – hatte er einen Mord aufzuklären gehabt, der im Lager des Kaufhauses geschehen war.

«Also, ich war schon vor Tau und Tag unterwegs», sagte er jetzt zu seinem entfernten Bekannten. «Und da seh ich diesen Werbegag in Ihrem Schaufenster ... Wie bitte? In der Möbelabteilung ... Ja, genau ... Wie bitte? Kein Gag? Was heißt das dann? Sie meinen, der hat sich am Abend einschließen lassen ...?» Bienzle hörte mit zunehmendem Interesse zu und warf nur noch gelegentlich ein «Aha» oder auch ein «Na so ebbes» ein.

Währenddessen hatte Kerstin damit begonnen, die E-Mails für Carmen Esteban auszudrucken.

Bienzle legte auf und wandte sich seinen Kollegen zu: «Das müsst ihr euch vorstellen. Guten Morgen übrigens», und zu Gächter: «Neun Uhr dreißig ist au net grad früh! ... Also, das müsst ihr euch vorstellen: Da wohnt einer in der Dekoration eines Kaufhauses. Er stiehlt nicht, er stellt nichts weiter an. Er schläft da nur oder sieht fern oder sitzt da und guckt sich die Leut draußen auf der Straße an.»

Kerstin schaltete am schnellsten: «Sie sehen da eine Parallele zu dem Mann in Professor Pesoas Wohnung?»

«Aber so einer mordet doch nicht, und schon gar nicht auf so brutale Weise», mischte sich Carmen ein.

Bienzle nickte. Er gab der Spanierin Recht. «Und wenn es sich um verschiedene Leute handelt?», fragte er.

«Du meinst, einer, der heimlich bei dem Professor gewohnt hat, wenn der in Spanien war, und einer, der in der klaren Absicht gekommen ist, Pesoa zu töten?», sagte Gächter.

«Ja, so was in der Art», antwortete Bienzle. «Pesoa hat doch sicher Freunden und Bekannten von dem geheimnisvollen Einbrecher erzählt, der sich in seiner Wohnung herumtrieb, wenn er selber verreist war. Und wenn nun einer den Plan hatte, den Professor zu töten ...» Er ließ den Satz in der Luft hängen und wandte sich überraschend Carmen zu: «Wir haben übrigens den Besitzer des Wohnschiffs gestern Abend vorübergehend festgenommen. Er bestreitet gar nicht, einen Spanier bei sich untergebracht zu haben.»

«Ach ja? Interessant», sagte Carmen, wirkte aber nicht sonderlich interessiert. Mehr Aufmerksamkeit schien sie den Papieren zu widmen, die Kerstin ihr nacheinander reichte.

«Wenn es sich bei seinem Gast um einen Kriminellen gehandelt hat, wusste er offenbar nichts davon», sagte Kerstin.

«Und das glauben Sie?», fragte Carmen Bienzle.

Bienzle zuckte mit den Schultern. «Ich bin lang genug in

dem Beruf, um praktisch nichts mehr zu glauben. Aber wir konnten ihm das Gegenteil nicht beweisen.»

«Und was ist mit dem Überfall auf Günter?», fragte Carmen.

«Herr Lebert, so heißt der Mann, glaubt, dass sein spanischer Freund Gächter für einen Einbrecher gehalten hat.»

«Und warum ist er dann geflüchtet, statt die Polizei zu rufen?», fragte Carmen weiter.

Wieder zuckte Bienzle mit den Schultern. «Dieser Spanier mag ja Ihr gesuchter Mann sein, Frau Esteban, aber ob Lebert das weiß ...? Immerhin hat sich in seiner Werkstatt jede Menge Material für den Bau von Bomben gefunden.»

Carmen fuhr herum. «Was?»

«Ja», sagte Bienzle. «Das Zeug wird von unseren Sprengstoffexperten gerade untersucht. Lebert bleibt vorerst in Haft.»

31

Die Häftlinge spielten Fußball. Mittendrin Hajo Lasse, der früher einmal aktiv gespielt hatte und den meisten anderen überlegen war.

Plötzlich erschien Kosslick unter der Tür zum U-Haft-Trakt. Scheinbar wütend schrie er: «Wie kommt der Untersuchungsgefangene Lasse hierher? U-Häftlingen ist der Umgang mit normalen Strafgefangenen nicht erlaubt! Los, her zu mir!»

Lasse zeigte ihm den Stinkefinger, kam dann aber doch zu ihm herüber. «Spiel dich bloß nicht so auf, KK-1», maulte er so laut, dass es die anderen hören konnten. Sie applaudierten. Acht Tage war Hans Jochen Lasse jetzt im Knast, aber er hatte es in dieser kurzen Zeit schon zur absoluten Führungsfigur gebracht.

«Los, mitkommen!», bellte Kosslick.

Schweigend gingen sie durch die kahlen Gänge – Lasse voraus, Kosslick dicht hinter ihm. Nur wenn sie wieder eine der Gittertüren erreichten, trat KK-1 an Lasse vorbei nach vorne, schloss auf und, nachdem sie hindurchgegangen waren, wieder zu.

Lasses Zelle lag im zweiten Stock. Um diese Zeit waren die Häftlinge entweder in den Werkstätten, beim Hofgang oder beim Sport. Der Korridor war menschenleer. Kosslick steckte den Schlüssel ins Schloss, drehte ihn und zog den schweren Riegel auf. Vom dritten Stock herunter kam Gerd Haberstroh. Kosslick und Lasse betraten die Zelle.

KK-1 schloss die Zellentür von innen. Hajo Lasse deutete auf einen Schuhkarton. Kosslick hob den Deckel ab, nahm einen Packen Geldscheine heraus und begann zu zählen.

«Beeil dich», sagte Lasse, «ich muss noch während dem Mittagessen hier raus.»

Kosslick nickte, zählte aber weiter das Geld.

«Weißt du denn schon, was du damit machst?», fragte der Häftling.

«So viel ist es ja auch wieder nicht.»

«Und wenn sie dir draufkommen?»

KK-1 schüttelte den Kopf. «Ich bin nicht der erste Beamte, der von einem Häftling überwältigt wird. Dich kennt man ja. Jeder weiß, du bist unheimlich stark und brutal …»

Lasse grinste breit. Die Beschreibung gefiel ihm.

«… und befördert werden kann ich sowieso nicht mehr. Gruppenleiter bin ich schon.» Kosslick hatte währenddessen immer weiter das Geld gezählt. «Stimmt!», sagte er jetzt. Aus seiner Jackentasche zog er einen Strick. «Damit fesselst du mich gleich.» Er begann seine Uniform auszuziehen.

Haberstroh ging unruhig vor Lasses Zelle auf und ab. Um diese Zeit hatte er hier nichts verloren. Und ausgerechnet jetzt kam der stellvertretende Direktor die Eisentreppe vom ersten Stock herauf.

«Was machen Sie denn da, Haberstroh?»

«Ich überprüfe die Sauberkeit der Zellen. Auftrag von KK-1!»

«Sehr schön. Gut so. Weitermachen!»

Der Vizechef ging weiter, und Haberstroh stieß die Luft aus. Pro forma schloss er Lasses Nachbarzelle auf und trat über die Schwelle.

«Nicht so fest, hab ich gesagt!» KK-1 lag im Unterzeug auf der Pritsche.

Lasse hatte bereits die Uniform an, die ihm ein wenig zu weit war. «Das spürst du nicht lange.» Er nahm in aller Ruhe die Waffe, die zu Kosslicks Uniform gehörte, und prüfte, ob sie geladen war. Dann entsicherte er sie.

«Was machst du denn da?», fragte der gefesselte Beamte.

Lasse wickelte um seine Hand mit der Waffe eine Decke. Nur die Mündung schaute noch heraus. «Ich will nicht, dass es so einen Lärm macht.»

Kosslicks Blick weitete sich. Der Schweiß brach ihm aus. «Mach doch keinen Blödsinn, Lasse!»

Ruhig richtete der Häftling die Walther PK auf ihn.

Kosslick stammelte: «Das kannst du doch nicht tun … Nicht! Ich hab dir doch …»

Ein gedämpfter Schuss. Auf Kosslicks Stirn erschien ein kreisrundes, kleines rotes Loch. Alle Spannung war schlagartig aus dem dicklichen Körper gewichen.

Lasse stopfte das Geld aus dem Schuhkarton unter sein Hemd. Dann schloss er die Tür auf.

Haberstroh stand ein paar Meter weiter vor einer anderen Zelle. Er schaute kurz auf, als Lasse aus der Tür trat. Ihre Blicke begegneten sich.

«Alles okay?», fragte Haberstroh, ohne die Lippen zu bewegen.

Lasse nickte. «Deine Kohle ist da drin.» Er deutete mit dem Daumen über die Schulter auf die Zellentür, hinter der er eine Woche gehaust hatte. «Warte zehn Minuten, und dann gehst du rein. Kosslick hab ich sauber verschnürt.» Während er das sagte, hatte er schon die erste Gittertür aufgeschlossen, durch die er das Treppenhaus erreichte.

Haberstroh rief ihm leise nach: «Viel Glück!»

Lasse schritt ohne Eile durch das Gefängnis. Ein paar Häftlinge machten dem Wärter mit der tief in die Stirn gezogenen Mütze respektvoll Platz. Das mochte auch daran liegen, dass er die Hand griffbereit auf der Pistolentasche liegen hatte. Nachdem er die Wäscherei durchquert hatte, wo er ein kurzes «Weitermachen, Männer!» hervorstieß, betrat er das Souterrain und ging zu einer schmalen Tür, die ins Freie führte. Kosslicks Generalschlüssel passte auch hier. Es war ein Kinderspiel!

Lasse öffnete die Tür nur einen Spalt. Von draußen hörte er Stimmen. Die anderen spielten noch immer Fußball. Aber jetzt ertönte eine Sirene. Ein Vollzugsbeamter rief: «Schluss jetzt! Mittagspause, Essen!» Die Stimme eines Gefangenen antwortete: «Mahlzeit!» Ein anderer kommentierte: «Wird wieder so 'n Fraß geben!» Lasse hörte scharrende Schritte und das Aufdotzen des Fußballs. Eine Tür fiel ins Schloss.

Vom Hof drang jetzt kein Laut mehr herein. Leise trat

Lasse aus der Souterraintür und überquerte den Hof. Das Rolltor zur Straße öffnete sich gerade. Ein Lastwagen fuhr herein. Lasse passierte ihn und salutierte in Richtung Wachmann am Mützenrand – auch um sein Gesicht zu verdecken –, und schon hatte er die Gefängnismauern hinter sich.

Noch immer zeigte er keine Hast, als er nun auf den weiträumigen Parkplatz zuging. Kurz flammten die Fernlichtscheinwerfer eines Autos auf. Als er es erreichte, wurde von innen die Beifahrertür aufgestoßen. Aus dem Wagen schallte ihm eine männliche Stimme entgegen: «Willkommen in der Freiheit!»

Haberstroh hatte brav zehn Minuten lang gewartet, bis er die Tür zu Lasses Zelle aufstieß. Bevor er hineinging, schaute er nochmal nach links und rechts. Außer ihm war niemand auf dem Gang. Er ließ die Tür hinter sich angelehnt. Jetzt fiel sein Blick auf Kosslick. Er lag flach auf dem Rücken. Die Augen hatte er weit aufgerissen. Das kleine Loch in der Stirn war feucht und rot, und ein schmales Rinnsal Blut lief über die linke Wange hinunter bis auf die graue, fasrige Wolldecke.

Ein paar Augenblicke lang war Haberstroh wie gelähmt. Er stand erstarrt auf der Schwelle und konnte sich nicht rühren, nur seine Knie wurden weich und begannen zu zittern. Dann drang ein unartikulierter Schrei aus seiner Kehle.

Gerd Haberstroh machte zwei unsichere Schritte zu dem kleinen Tisch, auf dem die Schuhschachtel noch immer stand. Der Karton war leer. Lasse hatte einen vierten Mord begangen, das Geld wieder an sich genommen und war kühl lächelnd an ihm vorbei in die Freiheit spaziert.

Haberstroh schrie, dass es ihm fast die Kehle zerriss:

«Alarm! Alarm! Ausbruch! Mord …» Er rannte hinaus und den Gang hinunter und schrie immer weiter: «Alarm! Alarm! Ausbruch! Mord,», bis er nur noch ein Krächzen herausbrachte.

Als die Leiche gefunden wurde, war es 12 Uhr 30.

32

Kerstin Dänhardt beugte sich zu ihrem Bildschirm vor. «Da kommen die ersten Hinweise aus Spanien. Die beiden, die euch verfolgt haben, sind dort offenbar bekannt.»

Carmen sagte schnell: «Drucken Sie mir das bitte alles aus. Ich beschäftige mich damit, wenn ich zurück bin.»

Gächter sah sie erstaunt an. «Dann waren die also doch hinter dir her?»

Aber Carmen ließ sich nicht aufhalten. «Ich muss los. Du hast doch gesagt, ich kann deinen Wagen haben.»

Kerstins Telefon klingelte.

«Ja, sicher, versprochen ist versprochen», sagte Günter Gächter.

Kerstin schrie förmlich auf: «Ausgebrochen? Sag mal, das gibt's doch nicht!» Alle hörten plötzlich nur noch ihr zu. «Man weiß doch, wie brutal, rücksichtslos und gefährlich der Mann ist!»

«Wer ist ausgebrochen?», fragte Bienzle.

Kerstin hatte nur Ohren für ihren Gesprächspartner am Telefon. «Aber wie kann das passieren? Ein unbewaffneter Häftling fesselt und knebelt einen bewaffneten Vollzugsbeamten und erschießt ihn dann mit seiner eigenen Waffe? Also, wenn das ein Witz sein soll …»

Gächter wusste plötzlich, um wen es ging. «Sag bloß, der Lasse …?»

Kerstin deckte die Sprechmuschel ab. «Ja, der Lasse!» Sie hörte noch einmal kurz zu, legte dann auf und berichtete stoßweise: «Er hatte die Uniform von einem Beamten an, und seine Schlüssel hatte er auch. Und seine Waffe! Die Leute im Knast stehen vor einem Rätsel.»

«Noch ein Mord», stöhnte Bienzle. «Ist 'ne Ringfahndung ausgelöst?»

«Läuft!», sagte Kerstin.

Bienzle wandte sich Günter Gächter zu: «Damit gilt für dich ab sofort Sicherheitsstufe eins!»

«Warum das denn?», fragte Carmen.

«Der ausgebrochene Häftling hat Gächter mehrfach mit dem Tode bedroht», sagte Bienzle.

Und Kerstin ergänzte: «Er glaubt, Gächter sei am Tod seiner Freundin schuld.»

Carmen fasste unwillkürlich nach Gächters Arm. «Mein Gott! Du musst sofort die Finger von meinem Fall lassen.»

«Ich denke ja nicht dran.»

«Frau Esteban hat Recht», sagte Bienzle. «Bevor wir den Lasse nicht wieder auf Nummer Sicher haben, hast du doch gar nicht die nötige Bewegungsfreiheit. Du fährst jetzt mit mir nach Stuttgart-Stammheim.» Dann wandte er sich an Carmen. «Frau Dänhardt kann Sie begleiten.»

«Erst will ich das hier alles aufarbeiten.» Carmen schien es plötzlich gar nicht mehr so eilig zu haben und wies auf den Stapel Faxe und die Ausdrucke aus dem Computer. Sie nahm die Papiere und verzog sich an einen kleinen Tisch in der hintersten Ecke des Büros.

33 Bienzle und Gächter gingen mit schnellen Schritten durch die menschenleeren Korridore der Haftanstalt. Alle

Gefangenen waren eingeschlossen, machten aber mit ihren Bestecken und Kochgeschirren einen Höllenlärm.

Die beiden Kommissare erreichten die Zelle, in der Kurt Kosslick erschossen worden war. Die Leiche wurde gerade herausgetragen. Beamte der Spurensicherung arbeiteten in der Zelle. Die Verhältnisse waren beengt.

«Wer hat den Mord entdeckt?», fragte Bienzle.

Haberstroh meldete sich. «Ich, Herr Bienzle.»

«Kennen wir uns?»

Der andere nickte. «Gerd Haberstroh – Sie haben mich damals festgenommen.»

Gächter erinnerte sich: «Mord an Ihrem Schwiegervater, stimmt's?»

«Ja, aber ich hab ihn nicht umgebracht. Und außerdem hat er's verdient gehabt.»

Bienzle sah ihn schmunzelnd an, ging aber nicht darauf ein. «Haben Sie Hajo Lasse näher gekannt?»

«Wir sind uns früher schon mal begegnet. Er hat damals manchmal mit meinem Schwiegervater zusammengearbeitet ...»

«Ah, jetzt erinnere ich mich. Ihr Schwiegervater hat Lasses Beute aus Diebstählen und Einbrüchen verscherbelt. Das war, bevor der Lasse geglaubt hat, er müsse Stuttgarts Mafiaboss werden.»

«Haben Sie eine Ahnung, wie es passiert ist?», fragte Gächter.

Haberstrohs Gesicht bekam einen listig-schlauen Zug. «Ich habe mich gut geführt die ganzen letzten Jahre, und wenn ich jetzt aussage ...?» Er sah Bienzle fragend an.

Der blickte genauso fragend zurück.

«Ich meine, so eine kooperative Zusammenarbeit mit der Polizei ... Ich bin ja hier auch Kalfaktor ...»

«Sie wissen also etwas?», fuhr Gächter dazwischen.

«Die Frage ist doch, ob ich mich dran erinnere.»

Bienzle tätschelte Haberstroh den Arm. «Jetzt kommen Sie mal mit. Ich denk, da lässt sich was machen.» Zu Gächter sagte er: «Du kannst dich ja noch a bissle mit dem Tatort befassen.»

Arm in Arm gingen Bienzle und Haberstroh den Gefängnisgang hinunter.

Zwei Minuten später saßen sie im Besprechungszimmer der Gefängnisdirektion. Bienzle hatte für Kaffee und Gebäck gesorgt und gegen seine Überzeugung zu Haberstroh gesagt, dass es ihm nichts ausmache, wenn er rauche.

«So ein Richter, ich meine, der hört doch auf Sie», sagte Haberstroh gerade.

«Schon möglich. Aber der will natürlich auch was dafür haben. Umsonst ist der Tod, und der kostet das Leben.» Ein bisschen zu spät fiel Bienzle ein, dass das jetzt vielleicht kein so gutes Zitat war.

Haberstroh nippte an seinem Kaffee. Man sah, wie es hinter seiner Stirn arbeitete.

Bienzle blieb gelassen. Er streckte die Beine von sich, hakte die Daumen in den Hosenbund und lehnte sich auf dem unbequemen Holzstuhl weit zurück. Haberstroh ließ er keine Sekunde aus den Augen. Der setzte plötzlich seine Tasse hart ab und sagte: «Lasse und Kosslick haben einen Deal miteinander gemacht. Es sollte so aussehen, als ob der Lasse KK-1 überwältigt und dann gefesselt hätte.»

Bienzle nickte. «Und was sollte das den Lasse kosten?»

Haberstroh schaute auf seine Füße hinab, mit denen er unruhig scharrte. Endlich presste er zwischen den Zähnen hervor: «Hunderttausend.»

Bienzle stieß einen leisen Pfiff aus. «Hat Lasse das Geld denn beschafft?»

«Ich glaube schon.»

«Glauben heißt nicht wissen, Herr Haberstroh!»

Der Kalfaktor gab sich einen Ruck. «Er hat's beschafft. Aber er hat's auch wieder mitgenommen, als er den KK-1 erschossen hatte.»

«Und welche Rolle haben Sie dabei gespielt?»

«Ich?» Haberstroh gab sich entsetzt.

Bienzle winkte ab. «Das will ich jetzt auch gar nicht so genau wissen. Was denken Sie – wie ist das Geld hier hereingekommen?»

«Ganz früh am Morgen ist sein Anwalt da gewesen.»

«Der Holfreter, gell?»

«Ja, genau.»

34

Als Bienzle und Gächter ins Büro zurückkehrten, saß Carmen Esteban noch an ihrem kleinen Arbeitstisch in der Ecke. Aber sie stand sofort auf.

«Gut, dass du kommst», sagte sie zu Gächter. «Du wolltest mir doch dein Auto geben.»

«Ja, sicher! Warte, ich bring dich runter ...» Gächter folgte Carmen schnell durch die Tür.

Kerstin wiegte den Kopf hin und her. «Ich glaub, zwischen den beiden geht ganz schön die Post ab.»

Bienzle schaute die junge Kollegin ungläubig an. «Glauben Sie das im Ernst? So schnell geht doch so was net. Die kennet sich doch no koine drei Tag.»

«Mit der Liebe ist es wie in der Elektrizität: Anode, Kathode – Schlag!» Kerstin hatte zuerst die Arme ausgebreitet und dann plötzlich die flachen Hände vor der Brust zusammengeschlagen. «Aber dafür sind Sie wahrscheinlich schon ein bisschen zu alt.»

«Ha komm, ha komm!» Bienzle hätte sich richtig aufregen können. «Der Gächter ist grad amal neun Jahr jünger als ich!»

Carmen war noch immer ein paar Schritte voraus, als Gächter am Pförtner vorbei auf den Platz hinaussprang. Er schloss rasch zu der Spanierin auf.

«Findest du nicht, dass du mir das alles erklären solltest?», fragte er.

Carmen blieb stehen und wandte sich zu ihm um. Sie legte die Arme um seinen Hals. «Günter, ich hab mich in dich verliebt. Und ich gebe zu, da ist es nicht fair …» Sie stellte sich auf die Zehen und küsste ihn. «Heute Abend erklär ich dir alles. Ich habe alle wichtigen Unterlagen in meinem Hotelzimmer.»

«Unterlagen? Was für Unterlagen?»

Nicht weit von den beiden fuhr Kocher mit einer Kollegin auf den Parkplatz.

Carmen küsste Gächter erneut. «Ich liebe dich.» Noch ein Kuss. «Sehr!» Dann endlich löste sie sich von ihm.

Kocher schloss seinen Wagen ab und sagte zu der Kollegin: «Da, schauen Sie mal – unser Multikulti-Liebespaar.»

Bienzle beobachtete die Szene aus dem vierten Stock von seinem Bürofenster aus. Über die Schulter sagte er: «So öffentlich müssten sie's ja nicht gerade treiben.»

Kerstin trat neben ihn. «Nur kein Neid, Herr Bienzle!»

Carmen war nun eingestiegen. Gächter winkte nochmal. Carmen startete den Motor. Eine Explosion, eine Stichflamme, ein Feuerball. Die Druckwelle warf Gächter mehrere Meter weit über den Hof und gegen die Hauswand. Einen Augenblick lang war er völlig benommen.

Kocher riss den Feuerlöscher aus seinem Auto. Schneller,

als man ihm das bei seinem Gewicht zugetraut hätte, rannte er über den Parkplatz. «Weg da!», schrie er.

Damit war Gächter gemeint, der sich wieder aufgerichtet hatte und – noch immer benommen und unsicher auf den Beinen – auf das brennende Auto zusteuerte. «Neiiiin!», schrie er. Er wollte durch die Flammen hindurch und Carmen mit bloßen Händen aus dem Fahrzeug holen.

Kocher musste ihn an der Schulter packen und wegreißen. Gächter stürzte erneut zu Boden, und als er wieder hochkam, fand er sich in den Armen von Kochers Kollegin, die den Rasenden festzuhalten versuchte.

«Lasst mich! Lasst mich!», schrie Gächter ein ums andere Mal.

Der Schaum aus Kochers Feuerlöscher bewirkte nicht viel. Erst als andere Helfer mit weiteren Geräten hinzukamen, gelang es, die Flammen zu ersticken.

Für Carmen Esteban kam jede Hilfe zu spät.

Plötzlich war Siegfried Kron da. Ein Mann um die fünfzig. Er trug einen verblichenen und völlig aus der Form geratenen Jeansanzug. Sein Gang glich dem Watscheln einer Ente. Er schob dabei seinen Bierbauch weit vor. Gleichwohl bewegte er sich behände und zielgerichtet. Sofort fotografierte er mit mehreren Kameras, die er an Bändern um seinen Hals gehängt hatte, das Geschehen. Siggi Kron war Polizeireporter. Früher war er selber Polizist gewesen, war dann aber entlassen worden und hatte ein paar Jahre abgesessen, weil er straffällig geworden war.

Kron trat zu Bienzle, der in den Hof gerannt war, so schnell er konnte. «Was ist passiert? Wer ist das Opfer?»

Bienzle seufzte: «Ach Siggi – wo kommst jetzt auch du schon wieder so schnell her?»

«Ich war gerade auf dem Weg zur Pressekonferenz wegen Lasses Ausbruch.»

«Aber hier bist du unerwünscht!»

Siggi Kron grinste. «Das bin ich doch immer.»

Gächter stand mit hängenden Armen und tief gebeugtem Kopf da. Er wirkte wie zu Eis erstarrt, als ob er sich nie wieder würde bewegen können. Er brachte keinen Ton heraus. Einmal aber hob er den Blick, und da glaubte er, am Rand des Platzes Lasse stehen zu sehen. Aber er nahm ihn nicht richtig wahr und vergaß ihn sofort wieder.

35 Bienzle hatte Gächter nach Hause gebracht. Der hatte seit dem Bombenattentat kein Wort gesprochen. Jetzt blieb er mit hängenden Schultern mitten in seinem Wohnzimmer stehen und gab nur ab und zu ein leises Stöhnen von sich. In einer Art Übersprungshandlung räumte Bienzle die Wohnung auf, die ziemlich chaotisch aussah.

Gächter sagte dumpf: «Das wollte ich eigentlich auch noch machen. Sie hätte mich ja sicher bald besucht.»

Bienzle legte seinem Freund und Kollegen den Arm um die Schultern und zog ihn an sich. «Du hast dich richtig in sie verliebt, stimmt's?»

Gächter starrte vor sich hin. «Wenn ich den Lasse kriege, bring ich ihn auf der Stelle um.»

«Wir wissen doch gar nicht, ob er's gewesen ist.»

Gächter fuhr auf. «Natürlich ist er's gewesen! Er hat's mir doch angedroht! ‹Du wirst genauso heulen wie ich›, hat er gesagt.»

«Wir werden dieses Verbrechen aufklären, Günter. Du wirst sehen, jeder von uns arbeitet dafür mit zwei- und dreifachem Einsatz!»

Gächter wurde von einem Schluchzen geschüttelt. «Aber das macht sie doch auch nicht wieder lebendig.»

Bienzle sah den Freund an. Er kam sich so hilflos vor. Gleichzeitig musste er gegen den Ärger ankämpfen, der in ihm aufstieg. Musste sich Gächter so gehen lassen? Bienzle reagierte reflexartig abwehrend gegen Schwäche. Er entwickelte auch Aggressionen gegenüber Leuten, die sich etwas auf ihre Krankheiten zugute taten. «Du musst dich zusammenreißen», sagte er barsch.

Gächter hörte gar nicht richtig zu. «Ich hab nicht gedacht», sagte er, «dass man sich in meinem Alter nochmal so verlieben kann.»

«Davor bist du in keinem Alter geschützt! Soll ich nicht doch einen Arzt rufen?»

«Wieso? Ich bin nicht krank ...» Er sah, wie sein Freund und Kollege ein Paar Schuhe auf Spanner zog. «Lass das doch!», herrschte er ihn an.

«Er könnte dir ein Beruhigungsmittel verschreiben.» Bienzle ließ sich beim Aufräumen nicht stören.

«Ich will mich nicht beruhigen. Los, wir fahren zurück.»

«Was?»

«Ich kann nicht hier rumsitzen und warten. Das würdest du doch auch nicht aushalten. Ich muss was tun. Wir müssen Lasse finden.»

Im Grunde gab Bienzle ihm ja Recht. Was sollte Gächter sich hier in seinem Schmerz vergraben und Stunde um Stunde dieselben Gedanken denken? Da war es schon besser, man gab ihm eine Aufgabe. Trotzdem sagte er: «Du, das solltest du jetzt lieber uns überlassen.»

«Hat er *deine* Freundin umgebracht oder meine?», schrie Gächter. Es hätte nicht viel gefehlt und er wäre Bienzle an die Gurgel gegangen. Der machte einen letzten Versuch: «Für solche Ermittlungen braucht man einen kühlen Kopf und einen klaren Verstand.»

Aber Gächter hörte gar nicht richtig zu. «Ich finde ihren Mörder, so wahr ich Günter Gächter heiße. Wenn du glaubst, ich bleibe hier ruhig sitzen und dreh Däumchen, dann hast du dich so was von getäuscht ...» Entschlossen ging er zur Tür.

Bienzle war klar, das er sein Freund in diesem Zustand nicht mehr beeinflussen konnte. Da war es schon besser, ihn wieder mitzunehmen und im Auge zu behalten.

Aber er fuhr nicht direkt zum Präsidium. Die Galerie Opitz lag auf ihrem Weg. Bienzle unterrichtete Gächter kurz von Frau Schlotterbecks Aussage, dass «das Fräulein» Opitz dem ermordeten Literaturwissenschaftler Miguel Pesoa wohl nahe gestanden habe. Gächter interessierte sich nicht dafür.

36

Gesine Opitz war eine fragile Schönheit. Sie war bestimmt nicht größer als einen Meter sechzig, und sie tat auch nichts dafür, um größer zu erscheinen; ihre nackten Füße steckten in flachen Riemensandalen. Ihre überschlanke Gestalt hatte sie in ein wallendes Gewand aus Seide gehüllt, das in Rot, Orange und Gelb gehalten war. Um den Kopf trug sie ein lebhaft gemustertes Tuch in den gleichen Farben, dessen Rand mit kleinen Glöckchen verziert war. Ihre Lippen hatte sie schwarz geschminkt. Auch ihre sichelförmigen Augenbrauen über den dunkelbraunen Augen hatte sie in fettem Schwarz nachgezogen. Dazu kontrastierte ihre eisweiße Haut, die sich straff über die Backenknochen spannte. Wenn sie ihren Kopf bewegte, klingelten die Glöckchen an ihrem Kopftuch leise.

«Er ist tot», sagte sie auf Bienzles Frage nach ihrer Beziehung zu Pesoa, «und Tote soll man ruhen lassen.»

«Sprechen Sie Spanisch?», fragte Gächter plötzlich. Bienzle warf ihm einen überraschten Blick zu.

«Ja, warum?»

«Nur so», sagte Gächter und wirkte plötzlich wieder, als ob er jegliches Interesse verloren hätte.

«Frau Opitz, haben Sie irgendeinen Verdacht, wer Pesoa getötet haben könnte?»

«Nein.»

«Hatte er Feinde?»

«Ja, wahrscheinlich aber ich bin nie in sein wirkliches Leben vorgedrungen.»

«Sein wirkliches Leben? Was verstehen Sie darunter?»

«Ich glaube, wirklich gelebt hat er nur in den wenigen Wochen, die er in Spanien verbrachte. In Deutschland hat er sich immer als Gast gefühlt. Und dann noch Stuttgart! Ja, wenn er in Berlin, Hamburg oder München gelebt hätte ...»

«Das hat ihm ja wohl keiner verboten», sagte Bienzle ungnädig. Er konnte es nicht leiden, wenn jemand abfällig über Stuttgart sprach.

«Waren Sie mal in Spanien?» Das war plötzlich wieder Gächter.

«Mehrfach, ja.»

«Mit ihm?»

Gesine Opitz lachte auf. «Um Gottes willen, nein!»

Gächter verlor wieder das Interesse. Bienzle fragte: «Warum ‹um Gottes willen›?»

«Ich sagte doch schon, ich bin nie in sein wirkliches Leben vorgedrungen.»

«Waren Sie auch mal in Pamplona?», wollte Bienzle wissen.

«Nur einmal. Ganz kurz. Warum fragen Sie?»

«Pesoa ist zwar in Stuttgart geboren und aufgewachsen,

aber seine Familie stammt aus Pamplona. Mir scheint so, als hätte er seine Wurzeln dort.»

«Ja, das könnte sein.»

«Da wär noch ein Punkt», sagte Bienzle und fühlte sich ein wenig unbehaglich dabei. «Pesoa galt, wenn ich das recht verstanden habe, als Frauenheld.»

Gesine Opitz lächelte versonnen. «Ja, das war er. Ein Liebhaber der Frauen. Man durfte niemals glauben, man habe ihn für sich gewonnen. Don Juan ist doch eigentlich eine romantische Figur, finden Sie nicht auch?» Die Glöckchen klingelten leise.

«Da hab ich noch nie drüber nachgedacht. Aber könnten Sie sich vorstellen, dass eine eifersüchtige Frau ...»

«Nein, das kann ich mir überhaupt nicht vorstellen», unterbrach sie ihn. «Wir Frauen haben ihm immer alles verziehen.»

Als die beiden Kommissare die Galerie Opitz verließen und zu Bienzles Wagen gingen, sagte Gächter: «Carmen hat ihre Wurzeln auch in Pamplona.»

«Und woher weißt du das?»

«Sie hat es mir erzählt.»

37

Kerstin Dänhardt war online mit Barcelona verbunden. Sie hatte zwei Textseiten und ein Foto auf ihrem Bildschirm und gab gerade den Befehl: Drucken. Im DIN-A4-Format erschien das Foto von Carmen Esteban, darunter ein kurzer Text.

Bienzle und Gächter kamen herein, als Kerstin das Blatt aus dem Drucker nahm und halblaut las: «Dr. Carmen Esteban, geborene Pesoa, vierunddreißig, geschieden, ein Kind ... Spezialagentin der Staatsschutzabteilung beim

Innenministerium. Zielfahnderin gegen Eta-Terroristen aus dem Baskenland. Europaweit. Derzeitiger Sitz Barcelona.»

Bienzle sagte: «Nochmal laut, dass man's auch versteht.»

Kerstin wiederholte den Text und setzte hinzu: «Das ist sie!» Sie reichte Bienzle das Blatt.

Gächter starrte sie an. «*Doktor* Carmen Esteban?»

Bienzle fragte gleichzeitig: «Geborene Pesoa? Also, wenn das ein Zufall ist … Gehen Sie der Geschichte nochmal nach, Dänhardt.»

«Sie hat uns also ganz schön angelogen», sagte Kerstin. «Aber warum?»

Gächter herrschte sie an: «Wer hat wen angelogen? Hat sie dich etwa angelogen?»

«Hast du nicht zugehört, Günni?», fragte Kerstin. «Sie ist Spezialagentin beim Spanischen Staatsschutz! Vermutlich war sie hinter einem Eta-Terroristen her, der sich hier irgendwo versteckt hält. Die Geschichte mit dem Frauenmörder war eine Legende!»

«Das glaub ich nicht», sagte Gächter leise und entschieden. «Ich frage mich nur, warum sie uns nichts über ihren wirklichen Auftrag gesagt hat.»

«Mein Gott, ist das denn so schwierig?», fragte Bienzle. «Die Spanier wollten politische Verwicklungen vermeiden. Außerdem, wenn ich als ausländischer Fahnder jemanden im Stuttgarter Milieu finden will, bediene ich mich da des BND oder des Verfassungsschutzes? Nein, da geh ich zu denen, die sich im Stuttgarter Milieu auskennen!»

Plötzlich sagte Gächter: «Sie wollte es mir erzählen – zweimal hat sie dazu angesetzt, aber jedes Mal ist etwas dazwischen gekommen.»

Die beiden anderen schauten ihn nur mitleidig an, sagten

aber nicht, was ihnen auf der Zunge lag. Sie dachten sich ihr Teil darüber, was da wohl dazwischengekommen war.

Bienzle sagte: «Trotzdem können wir nicht ausschließen, dass der Anschlag Gächter gegolten hat und gar nichts mit den Spaniern zu tun hatte.»

Sein Freund und Kollege fuhr auf. «Ja sicher, Mensch, ich hab doch Lasse gesehen!»

Bienzle und Kerstin schauten ihn nur an.

Gächter schrie: «Ehrlich! Ich hab ihn gesehen! Ich schwör's!»

Bienzle bemühte sich um einen sanften Ton. «Jetzt hör mal zu, Gächter ...»

Aber der fuhr ihm in die Parade: «Überleg doch mal, das war *mein* Wagen. Der Anschlag galt *mir.* Zähl doch mal eins und eins zusammen!»

«Gern. Und was kommt dabei heraus? Seitdem Frau Esteban hier war, habt ihr doch ständig zusammengehängt. Die Eta-Leute wussten, dass ihr gemeinsam hinter ihnen her wart. Also haben sie versucht, euch gleich beide umzubringen.»

«Wenn's aber anders ist, musste sie meinetwegen sterben ...» Gächter ging zum Fenster und zeigte hinaus. «Lasse stand dort hinten an der Abgrenzung des Parkplatzes. Direkt neben den Lichtmast.»

Kerstin wandte sich wieder ihrem Computer zu. Bienzle schnappte sich die anderen Blätter aus dem Drucker, um sie zu studieren.

«Ihr glaubt mir nicht, hä?», giftete Gächter. «Ja natürlich, ihr glaubt mir nicht. Aber er war da. Wirklich! Sag mal, war der Siggi Kron nicht auch da?»

«Doch, der schon», sagte Bienzle, ohne den Kopf zu heben.

«Und er hat fotografiert ...?»

«Ja, der fotografiert doch immer! Aber jetzt lass mich mal in Ruhe arbeiten. Ist der Bericht vom Labor schon da, Dänhardt?»

«Gerade reingekommen. Es war wohl eine ziemlich primitive Bombe – elektronisch zündbar aus einer Entfernung bis zu zweihundert Metern. Jedenfalls kein Sprengkörper, den die Eta sonst einsetzt. Es ist auch kein Material verwendet worden, wie wir's bei Michael Lebert gefunden haben.»

Gächter sagte: «Ich geh mal in die Kantine», und verließ den Raum.

38

Siggi Krons Pressebüro befand sich in einem der schmalen alten Fachwerkhäuser in der Calwer Straße mitten in der Fußgängerzone. Man musste durch ein finsteres Treppenhaus. Die Stufen der Holzstiege waren ausgetreten und knarzten unter jedem Tritt. Im Erdgeschoss befand sich eine kleine Buchhandlung, im ersten Stock eine Zwei-Mann-Werbeagentur, und wenn man der Treppe noch eine enge Windung weiter nach oben folgte, erreichte man die Tür zu Siegfried Krons Büro im Dachstock.

Gächter trat ein, ohne anzuklopfen. Aus einem Radio plärrte der Polizeifunk. Kron hockte in einem abgeschabten schwarzen Ledersessel. Der Schreibtisch, auf dem sich Papiere, Fotos, drei Aschenbecher, fünf Kaffeebecher, eine Fliegenklatsche und vieles mehr gefährlich instabil türmten, hatte mal die Kapitänskajüte eines Dreimastseglers geschmückt – zumindest behauptete das Siggi Kron.

Er selbst saß seitlich zum Schreibtisch an einem kleinen Computertisch und hackte einen Bericht ins Manual.

An einer Wand hingen Bilder von der Jagd – gezeichnete, gemalte und fotografierte. Sie waren so akkurat in Reih und

Glied angeordnet, dass man glauben konnte, die Wand gehörte zu einem anderen Zimmer.

Kron sah kurz auf. «Ach, du bist's. Dich hab ich ja eine Ewigkeit nicht gesehen.» Er holte unter dem Schreibtisch eine Whiskyflasche hervor und entkorkte sie mit den Zähnen.

Seitdem er selber schrieb, träumte Siggi Kron davon, ein zweiter Hemingway zu werden. Seine Sätze bildete er nach dem Vorbild des Meisters, was nicht selten zu unfreiwilliger Komik führte. Und natürlich gehörte zu seinem Wunschbild auch der Whisky. Wein hatte er schon immer verachtet. Den tranken nur Weichlinge wie Bienzle.

Kron goss zwei Gläser voll und sagte: «Ich maile das gerade schnell weg, dann habe ich Zeit für dich.» Dabei nahm er einen kräftigen Schluck aus dem einen Glas und schob das andere Gächter hin.

Der trank es, ohne darauf zu achten, mit dem ersten Schluck gleich leer.

Als Kron seinen Artikel auf den Weg gebracht hatte, schwang er die Füße auf den Tisch und stopfte sich eine Pfeife. Gleichzeitig goss er Gächter nach. «Also?» Er sah seinen Besucher fragend an.

«Du hast doch kurz nach dem Bombenanschlag auf dem Polizeiparkplatz fotografiert.»

«Ja, Gott sei Dank – die Fotos verkaufen sich wie warme Semmeln. Ist ja auch 'ne Sensation. Wer war denn nun die Frau in deinem Wagen?»

«Wer sagt, dass es mein Wagen war?»

Kron goss ihm nach. «Du weißt doch: Man findet immer einen, der redet.» Er nahm einen Stapel Fotos und sortierte heimlich und mit den geschickten Fingern eines Kartenspielers ein paar Bilder aus. «Muss ja ein ziemlicher Schlag für dich gewesen sein.»

«Wieso?»

«Mein Gewährsmann sagt, du hättest der Dame ziemlich nahe gestanden. Das würde dann auch deine Reaktion vor Ort erklären.»

Gächter hatte keine Lust, sich auf dieses Thema einzulassen. «Kann ich mal die Fotos sehen?»

«Was suchst du denn genau?», fragte Kron.

«Ich meine, ich hätte Lasse am Tatort gesehen.»

«Hajo Lasse? Also, das kann ich mir ja nun nicht vorstellen.»

Kron legte den Stapel Fotos auf den Tisch. Gächter schaute ihn durch. Dabei sagte er beiläufig: «Ich find's ja riesig, Siggi, dass du mir meine Ermittlungen von damals nicht übel genommen hast.»

Kron winkte ab. «Du hast doch auch nur deinen Job gemacht.»

Die beiden tranken sich zu, und jeder nahm einen kräftigen Schluck. Kron schenkte dem Kommissar sofort wieder nach.

Gächter sagte: «Das stimmt allerdings. Und nichts ist schlimmer, als wenn man in der eigenen Truppe ermitteln muss.»

Kron nickte schwer. «Vier Jahre Knast und der Verlust aller Pensionsansprüche. Meine Frau ist mir damals weggelaufen. Die Kinder wollen bis heute nichts mehr von mir wissen. Bis du da drüber weg bist – das dauert, kann ich dir sagen!»

Gächter schaute immer noch die Fotos durch, wurde jedoch nicht fündig. «Aber die Beweislage war eindeutig. Du hast laufend die Drogenhändler über unsere geplanten Razzien informiert und 'ne Menge Geld dafür kassiert. Ich konnte gar nicht anders.»

Kron gab sich leutselig. «Weiß ich doch! Und ich versteh's

ja auch. Du hättest alle Augen zudrücken müssen. Und so eng waren wir ja damals als Kollegen auch wieder nicht.»

Gächter nickte und trank. «Sag mal, dir ist auch nichts aufgefallen? Ich meine, du hast Lasse nicht gesehen? Du kennst ihn doch.»

«Und ob ich ihn kenne. Er hat damals ein viel beachtetes, wenn auch kurzes Gastspiel im Knast gegeben, als ich drin war.» Kron lachte fett. «Aber lang hält der's ja nie aus, wenn ihr ihn mal einsperrt. Nee du, auf eurem Parkplatz hab ich ihn nicht gesehen. Er müsste ja auch hirnrissig sein, nach so einem brutalen Ausbruch ...»

«Warum? Wär doch genial. Nirgendwo hätte man ihn weniger vermutet.» Gächters Zunge wurde schwer.

«Trotzdem», sagte Kron. «Komm, trinken wir noch einen. Glaubst du wirklich, Lasse hat deine Karre hochgehen lassen?»

«Da bin ich mir absolut sicher ... Scheiße, der Whisky steigt mir in den Kopf ...»

«Tja», sagte Kron. «Ich kann dir ja sowieso nicht helfen.»

Gächter stemmte sich an den Armlehnen des Besucherstuhls hoch. «Ja, dann werd ich mal gehen ...»

Kaum hatte ihn sein Besucher verlassen, da klingelte Krons Telefon.

«Sag mal, was hat denn der Bulle von dir gewollt? Der ist doch nicht gerade dein bester Freund ...»

«Lasse? Bist du das? Überwachst du etwa mein Haus?»

«Wenn's mal dein Haus wäre ...» Lasse lachte hämisch. «Übrigens: Bevor ich mich jetzt nochmal mit dir treffe, will ich schon genauer wissen, warum. Fakten, Fakten, Fakten – und ans Überleben denken, Siggilein!» Lasse legte auf.

Kron lockerte mit leicht zitternden Fingern seinen Hemdkragen und stürzte den restlichen Whisky hinunter.

39

Gächter war die Calwer Straße hinaufgegangen und links abgebogen. Er überquerte den Wilhelmsplatz und tauchte in die Leonhardtstraße ein. Die Angebote der Prostituierten prallten an ihm ab. Sie schoben es auf die Kälte. Einer, der so verzweifelt aussah, war sonst eine leichte Beute für sie.

Es hatte aufgehört zu schneien, und der schmutzige graue Nassschnee war in bizarren Formen gefroren. Das Eis krachte unter Gächters Schuhsohlen.

Er trat in eine Kneipe, in der außer einer Barfrau um diese Tageszeit niemand war. Gächter bestellte ein Bier. Die kalte Winterluft hatte den Nebel vor seinen Augen etwas gelichtet.

«Ich kenn Sie doch», sagte die Frau hinter der Theke.

«Das kann schon sein, bedeutet aber nichts. Ich hätt gern noch einen Schnaps dazu. Einen doppelten.»

«Kummer?» Die Frau begann das Bier zu zapfen.

«Wann waren Sie das letzte Mal verliebt?», fragte Gächter und schämte sich sofort wegen der Frage. So ein Satz wäre ihm nüchtern nie über die Lippen gekommen.

«Was heißt das letzte Mal? Ich bin es seit zwanzig Jahren, und daran hat sich nie etwas geändert.»

«Und dann machen Sie diesen Job?»

«Wenn ich mit meinem Mann nicht so glücklich wäre, könnte ich den Job hier gar nicht machen.»

Gächter nickte. «Klingt irgendwie logisch.»

«Jetzt erinnere ich mich wieder. Sie sind Polizist, stimmt's?» Die Frau stellte ihm sein Bier und den Schnaps hin.

«Sie können ruhig Bulle zu mir sagen.»

Sie beugte sich zu ihm herab. «Also doch Kummer.»

«Ach was», sagte Gächter. «Kummer ist so ein kümmerliches Wort dafür.»

«Auweh», sagte die Barfrau.

Gächter blieb noch zwei Biere und zwei Schnäpse lang. Aber plötzlich erfasste ihn eine so schwere Müdigkeit, dass er mit dem Kopf auf dem Tisch eingeschlafen wäre, wenn er nicht sofort aufstand. Leicht schwankend erhob er sich.

Inzwischen waren ein paar Gäste hinzugekommen. Vor allem junge Männer, die sich langsam auf den Abend eintrinken wollten. «Verträgst wohl nichts, Alter?», rief einer herüber.

«Da hast du Recht, Junger», gab Gächter zurück.

Und die Barfrau sagte zu den jungen Leuten: «Lasst ihn in Ruhe, oder ihr kriegt's mit mir zu tun.»

Das wollte offenkundig keiner von ihnen. Also stritten sie sich lieber weiter darüber, ob nur derjenige Charakter habe, der nach Degerloch hinauf zu den Stuttgarter Kickers ging, oder ob man nicht doch langsam auch wieder zum VfB ins Neckarstadion hinunter könne. «*Never*, niemals!», schrie einer. Und fast alle stimmten ihm zu.

Gächter sagte: «Hannover 96», und erntete wieherndes Gelächter.

«Wenn er wenigstens St. Pauli g'sagt hätt», krähte einer.

Ein blonder Mann mit einem weit überhängenden Schnauzbart, der am Tresen saß, sagte: «Das sollte man alles mitschreiben. Das sind doch Dialoge!» Aber niemand hörte ihm zu.

Die Wirkung des Alkohols hatte nicht nachgelassen, als Gächter endlich an seiner Haustür ankam. Er nestelte den Schlüssel aus der Tasche, aber als er ihn ins Schlüsselloch stecken wollte, glitt er ihm aus der Hand. Der Kommissar bückte sich.

Im gleichen Augenblick fiel ein Schuss. Das Mauerwerk über Gächters Kopf spritzte auf. Und er fühlte die Spritzer des abgesprengten Putzes in seinem Nacken wie lauter kleine Nadeln.

«Hinwerfen!» war der erste Reflex. Aber er war so müde, dass er nicht wusste, ob er jemals wieder hochkommen würde, wenn er sich jetzt flach legte. Also hob er den Schlüssel auf und steckte ihn ins Schlüsselloch, was jetzt im zweiten Anlauf problemlos gelang.

Hinter ihm fuhr ein Lastwagen vorbei. Instinktiv wusste Gächter, dass der ihm Schutz bot. Als der zweite Schuss fiel, hatte der Kommissar die Tür schon hinter sich zugeworfen. Die Kugel blieb im Holz stecken.

40

Auf der anderen Straßenseite stieg eine kurze Böschung zu einem kleinen Park hinauf. Dort fand Bienzle zwischen den Büschen eine halbe Stunde später zwei Patronenhülsen.

Gächter hatte ihn nicht gerufen. Der war bäuchlings auf sein Bett gefallen, hatte das Gesicht ins Kissen vergraben und hemmungslos geweint. Und er war sich sicher gewesen, dass er sich aus dieser Lage nie mehr würde erheben können.

Eine Nachbarin, die die Schüsse gehört hatte, wusste, dass Gächter Kriminalkommissar war, und hatte die Polizei angerufen. Jetzt war Bienzle bei Gächter, und die Kollegen von der Spurensicherung pulten die Geschosse aus dem Mauerwerk und dem Türholz.

«Am besten verlässt du vorerst deine Bude nicht, und wir stellen dir zwei Beamte vor die Tür», sagte Bienzle.

Gächter wälzte sich auf den Rücken. «Bei unserer Personalsituation?» Ihm fiel ein, dass er genau den gleichen Satz im gleichen Ton zu Carmen gesagt hatte.

«So lange wenigstens, bis wir Lasse haben», sagte Bienzle.

«Du glaubst also auch, dass *er* auf mich geschossen hat.»

«Die Spanier werden es wohl kaum gewesen sein. Oder müssen die fürchten, das du etwas über sie weißt?»

Gächter schüttelte müde den Kopf. «Carmen hat mir ja nichts gesagt.» Als er ihren Namen erwähnte, kam wieder sein ganzes Elend über ihn. «Vielleicht hätte ich sie schützen können, wenn sie mir mehr erzählt hätte.»

Bienzle sah ihn überrascht an. «Also glaubst du jetzt auf einmal auch an einen Anschlag der Eta-Leute?»

«Ich weiß es doch nicht. Ich weiß überhaupt nichts mehr. Außerdem hab ich bei Korn ... äh, bei Kron zu viel getrunken.»

Bienzle sah ihn überrascht an. «Du bist bei Kron gewesen?»

«Ja, wegen der Fotos. Ich dachte, dass ich auf einer der Aufnahmen vielleicht Lasse entdecken könnte.»

Bienzle wurde nachdenklich. Er setzte sich in Gächters bequemsten Sessel und sagte langsam: «Jetzt Augenblick mal. Wenn der Siggi Kron Lasse fotografiert hätte, würde er die Bilder dir wahrscheinlich zuletzt zeigen.»

«Hä?», machte Gächter verständnislos.

«Die zwei – Kron und Lasse – haben schon früher zusammengehängt. Kron hasst dich wie die Pest. Lasse hat Geld ohne Ende. So, und jetzt zähl mal zwei und zwei zusammen.»

«Ja, ja, da kommt noch allemal fünf dabei raus! Mir ist schlecht ...»

«Andererseits», fuhr Bienzle nachdenklich fort, «wenn Kron Hajo Lasse erpressen will, ist das so gut wie ein Todesurteil für ihn.»

Ein Mann der Spurensicherung brachte in einem kleinen

Plastikbeutel die Geschosse, die er aus der Mauer und der Tür gepult hatte. Bienzle nahm ihm das Beutelchen aus der Hand.

«Sieht aus wie Gewehrmunition.»

«Es *ist* Gewehrmunition», sagte der Mann von der Spurensicherung.

«Das muss sofort zu den Ballistikern.»

«Des han i mir halbe denkt», sagte der Kollege in breitem Schwäbisch und ging wieder hinaus.

Bienzle schmunzelte, wurde aber gleich wieder ernst, als er sich Gächter zuwandte. «Und du schläfst erst einmal deinen Rausch aus. Ich sorge dafür, dass du Personenschutz kriegst.»

Aber da war Gächter schon eingeschlafen.

41

Es war kurz nach elf Uhr, als Bienzle nach Hause kam. Von der Straße aus hatte er gesehen, dass in Hannelores Atelier noch Licht brannte. Die Wohnung war dunkel, als er hinaufkam. Er schritt den Gang hinunter und klopfte an die Ateliertür.

Hannelore öffnete. «Komm doch rein, wir haben einen Schwarzriesling vom Grafen Neipperg aufgemacht.»

Bienzle spürte einen kurzen Stich in der Herzgegend. Sie tranken also seinen Wein für besondere Anlässe. Betont beiläufig sagte er: «Und ist da noch ein Schlückchen für mich übrig?»

Er betrat das Atelier. Boris hatte sich noch nicht die Mühe gemacht, sich anzuziehen. Immerhin hatte er ein Tuch über seine Lenden gelegt. Es war zu warm hier drin. Hannelore hatte offenbar die Heizung hochgedreht, damit ihr Adonis in seiner Nacktheit nicht fror.

«Hallo», rief Boris. «Sie sind also der Mann, der die Verbrecher jagt?» Die Stimme des jungen Mannes machte seltsame Kiekser.

«Hier bin ich privat!» Bienzle bemühte sich um eine gewisse Höflichkeit. Er sah aus den Augenwinkeln zu Boris hinüber. Unter dem Tuch spitzelten ein paar rötliche Schamhaare hervor. Aber als viel obszöner empfand Bienzle diesen muskulösen Bauch ohne ein Gramm Fett.

Hannelore sagte: «Das war unsere vorletzte Sitzung.»

«Aha», sagte Bienzle. Es war ihm nicht anzumerken, wie er innerlich aufatmete. «Und danach?»

«Zeichne ich einen anderen Akt», sagte sie.

«Eine Frau diesmal?»

«Nein, wieder einen Mann.»

Boris trank aus, warf das Tuch ab und zog sich ungeniert an. «Ich muss los», sagte er, «mein Freund wartet. Und er ist so eifersüchtig ...»

Erst als Hannelore ihr Modell hinausbegleitet hatte, wagte Bienzle zu lachen.

42

Gächter wachte gegen fünf Uhr morgens auf. Er hatte Kopfschmerzen. Aber er hatte auch das sichere Gefühl, nicht wieder einschlafen zu können. Die Müdigkeit hatte seinen Körper verlassen. Irgendwie fühlte er sich leicht. Nur der Kopf ...!

Im Badezimmer ließ er das Wasser laufen, bis der lauwarme Rest, der in den Rohren stand, abgeflossen war und das Nass die Winterkälte von draußen mit sich brachte. Er füllte die Badewanne, ging in die Küche, fand fünf Zitronen, presste sie aus und goss den Saft ins Wasser. Die ausgewalkten Schalen warf er hinterher.

Anschließend zog Gächter den Schlafanzug aus und stieg in die Wanne. Mehrfach tauchte er mit dem ganzen Körper unter. Dann stieg er wieder heraus. Er frottierte die krebsrote Haut ab und zog sich an, schlüpfte in die Turnschuhe und schnürte sie fest zu. Fünf Minuten nach halb sechs verließ er seine Wohnung.

Gächter lief im schnellen Trab eines Langstreckenläufers durch die Stadt. Es waren nur wenige Menschen, die ihm begegneten. Arbeiter, die von der Nachtschicht kamen, andere, die hastig zur Frühschicht unterwegs waren, Zeitungsboten. Männer der Stadtreinigung, die das Eis von den Abflussschächten hackten.

Bis zur Innenstadt lief er fünfundzwanzig Minuten. Als er in die Calwer Straße einbog, war es kurz vor sechs, und als er die Haustür neben dem Emailleschild mit der Aufschrift «Pressebüro Kron» aufdrückte, schlug es von der nahen Stiftskirche sechs Uhr.

Die Bürotür war kein Problem für Gächter. Er betrat Siegfried Krons Räume, zog die Vorhänge zu und machte das Licht an. Als Erstes drückte er auf die Abhörtaste des Anrufbeantworters. Eine männliche Stimme sagte: «Hallo, Siggi. Was ist mit der Story über Hajo Lasse? Ich hoffe nicht, dass das bloß Angabe war ... Also, wenn du ihn am Kanthaken hast, dann lass dir ein Exklusivinterview geben.»

Es folgte die Stimme einer Frau: «Sag mal, du Arsch, ich warte jetzt seit einer geschlagenen Stunde auf dich. Und komm mir bloß nicht wieder mit der Superstory, hinter der du her bist.»

Bei der nächsten Stimme reagierte Gächter wie elektrisiert. «Hör mal, Siggi, ich hab dir schon mal gesagt: Bevor ich mich nochmal mit dir treffe, will ich wissen, was für ein Geschäft du mit mir machen willst – ich meine, über das hinaus, das wir schon gemacht haben. Melde dich nochmal unter der bekannten Nummer!»

Leise wiederholte Gächter: «Melde dich nochmal unter der bekannten Nummer ...», während er eine Schublade nach der anderen aufzog. Nur eine war verschlossen. Gächter nahm Krons messingfarbenen Brieföffner und machte sich daran, das Schubladenschloss zu knacken. Es dauerte keine drei Minuten. Obenauf lagen Fotografien. Gächter setzte sich in Krons abgeschabten schwarzen Ledersessel, ehe er sie herausnahm.

Wie bei einer Patience die Karten, so legte Gächter die Bilder jetzt nebeneinander – penibel in einer Reihe, akkurat auf Kante. Es waren Fotos von dem Anschlag auf Gächters Auto. Und auf jedem war Hajo Lasse deutlich zu erkennen.

Gächter triumphierte nicht. Er spürte nicht einmal so etwas wie Stolz darauf, dass er Recht behalten hatte. Eher erschrak er darüber. Vor allem, als er zu den Fotos kam, die ihn selbst in seiner ganzen Verzweiflung zeigten. Wer diese Bilder gesehen oder gar fotografiert hatte, brauchte keinen Informanten, der ihm erzählte, wie Gächter zu Carmen Esteban gestanden hatte.

Er legte die Bilder weg und bemühte sich, ein paar Augenblicke ganz gleichmäßig zu atmen. Er musste ruhiger werden, um nachdenken zu können. Schließlich drückte er noch einmal auf den Wiedergabeknopf des Anrufbeantworters. Bei den beiden ersten Nachrichten schaltete er sofort weiter, dann hörte er sich Lasses Anruf zum zweiten Mal an. «Hör mal, Siggi, ich hab dir schon mal gesagt: Bevor ich mich nochmal mit dir treffe, will ich wissen, was für ein Geschäft du mit mir machen willst – ich meine, über das hinaus, das wir schon gemacht haben. Melde dich nochmal unter der bekannten Nummer!»

Gächter begann den Schreibtisch erneut zu durchsuchen,

aber fand kein Telefonverzeichnis. Endlich kam er auf die Idee, den Computer einzuschalten. Er klickte das Zeichen für Adressenkartei an und begann die Liste Name für Name zu studieren.

Die Turmuhr der Stiftskirche schlug viermal dunkel und siebenmal hell. Gächter hatte ein paar mögliche Nummern gefunden und notierte sie auf einem Zettel. Dann hatte er plötzlich die Idee, auf Krons Telefon den Knopf für Wahlwiederholung zu drücken.

Im Display erschien eine Nummer, die er mit seinen Notizen verglich. Eine stimmte mit ihr überein. Als Teilnehmer war nur ein L vermerkt. Gächter drückte auf «Wählen». Zu spät begriff er, dass ja auch Krons Nummer nun auf dem Display des Angerufenen erscheinen würde.

Als Lasses Handy düdelte, lag er in den Armen einer Prostituierten, die schon seit sieben Jahren für ihn anschaffte und der er vertrauen konnte. Bei ihr war er untergeschlüpft, denn dort, wo sie wohnte, konnten sich die Nachbarn weder vorstellen, welchen Beruf sie ausübte, noch dass sie einen mehrfachen Mörder bei sich versteckte. Es war eine bürgerliche Wohngegend in Stuttgart-Rohr, eine propere Siedlung mit Einfamilienhäusern.

Lasse kam nur mühsam zu sich. Er meldete sich mit einem verschlafenen: «Ja?», doch auf der anderen Seite wurde sofort aufgelegt. Lasse studierte das Display. Es war Krons Nummer. Er drückte auf Rückwahl, doch bei Kron ertönte nur das Besetzt-Zeichen.

Gächter hatte Lasse sofort erkannt und die Polizeizentrale angerufen. Zum Glück kannte ihn der Kollege dort. «Ich brauche die Adresse zu einer Telefonnummer ...»

Lasse war aus dem Bett gesprungen. Hastig schlüpfte er in seine Kleider. Die Frau im Bett sah zu ihm hoch.

«Ist was passiert?»

«Spätestens in zehn Minuten sind die Bullen da: Du hast nichts gehört und nichts gesehen.»

Sie nickte ergeben. «Du wirst mir fehlen.»

«Ja, du mir auch», aber das war nur so dahingesagt.

Die Frau richtete sich auf. Sie hatte schwere Brüste, und ihr Gesicht wirkte jetzt, am frühen Morgen, seltsam welk. «Wo willst du hin?»

«Sobald ich neue Papiere habe, verschwinde ich, weit weg. Vielleicht besuchst du mich dann ja mal.» Er beugte sich kurz zu ihr hinab, nahm ihr Kinn in die Hand und wollte sie küssen.

Sie drehte den Kopf weg. «Du hättest wenigstens die Zähne putzen sollen!»

Lasse nahm seine Hand von ihrem Kinn und schlug ihr ins Gesicht. Sie ertrug es stoisch. Als sie ihren Kopf aufs Kissen zurücksinken ließ, hatte sie dennoch Tränen in den Augen.

Lasse hatte das Siedlungshäuschen noch keine fünf Minuten verlassen, da rauschten vier Polizeiwagen in die schmale, ruhige Straße und hielten vor dem kleinen Anwesen. Polizisten sprangen aus den Autos und stürmten mit gezogenen Waffen das Haus. Andere Beamte scheuchten die Nachbarn, die verschlafen auf die Straße traten, um nachzuschauen, was da für ein Spektakel war, in ihre Häuser zurück.

Gächter kam wenig später mit einem Taxi an. Als er in das kleine Wohnzimmer trat, saß die Frau in einem Morgenrock auf der vordersten Kante eines Sessels und starrte angsterfüllt auf die Invasion.

«Wo ist Lasse?»

«Er ist vor zehn Minuten gegangen.»

«Sie geben also zu, dass er bei Ihnen war?»

«Ja. Aber dann kam ein Anruf. Da war zwar keiner dran, doch er hat es mit der Angst gekriegt.»

«Sind Sie seine Freundin?»

«Nein.»

«Was sind Sie dann?»

«Ich hab mal für ihn gearbeitet.»

Gächter verstand. «Haben Sie eine Ahnung, wo er hingegangen sein könnte?»

«Nein. Aber je weiter er weg ist, umso besser.»

43

Lasse wusste, wo er Siegfried Kron finden konnte. Der hatte in einem ehemaligen Industrie- und Gewerbegebiet zwischen Stuttgart und Esslingen, dicht am Neckar, vor ein paar Jahren eine kleine Druckerei aufgekauft. Damals hatte Kron davon geträumt, eine eigene Zeitung zu gründen, die er von der ersten bis zur letzten Zeile selber schreiben, nur mit seinen Fotos ausstatten und selber drucken wollte. Lasse hatte ihn gefragt: «Und was soll darin erscheinen?»

«Die unveröffentlichten Nachrichten», hatte Kron geantwortet. «Alles, was die anderen unterdrücken, unter den Teppich kehren oder völlig falsch darstellen, weil's politisch nicht passt oder weil's zu unanständig ist. Tabus wird es in meiner Zeitung nicht geben. Das wird eine Sensation!»

Es wurde ein Flop. Siegfried Kron berauschte sich lieber an seinen Ideen, statt sie in harter Arbeit zu verwirklichen. Und so war ihm nur die Druckerwerkstatt geblieben: Setzkästen, Bleilettern, Winkelhaken, zwei Setzmaschinen, eine

Heidelberger Druckpresse, eine Handpresse für Bürstenabzüge und viele Kübel schwarzer Druckfarbe. Kron war gerne hier. Manchmal schrieb er kleine Texte, die er dann in wunderschöne Lettern setzte und in kleiner Auflage druckte. Aber er gab nie ein Blatt aus der Hand.

Letztes Jahr hatte er seine Wohnung in der Werfmershalde aufgegeben und in den hinteren Raum der Druckwerkstatt einen Schrank und ein Bett gestellt. Ein Bad brauchte er nicht. Seinen Tag begann er mit einem Besuch im Mineralbad Berg, wo er heiß und kalt duschte und ein paar wenige Runden im eiskalten Mineralwasser des Außenbeckens schwamm. Er bildete sich ein, damit so viel Sport zu treiben, dass er beliebig essen und trinken konnte. Dass er dabei immer fetter wurde, ignorierte er erfolgreich.

Schon früh am Morgen hatte Kron heute einen Text in 16-Punkt-Lettern in einen Winkelhaken gesetzt, der mit den Sätzen begann: «Schlagt die Bullen, wo ihr sie trefft! Beugt das Recht! Sagt's allen, lasst euch nichts gefallen ...» Er träumte davon, diesen Text auf Tausenden von Plakaten überall in Stuttgart zu platzieren, und trug das bedruckte Papier dann doch in einen Nebenraum zu den anderen Texten.

Als er in die Druckerei zurückkam, stand vor dem fahlen winterlichen Morgenhimmel Hajo Lasse in der Tür.

«Gut, dass du kommst», sagte Siggi Kron.

«Warum?»

«Ich will ein Interview mit dir machen.»

«Spinnst du?»

Kron zog ein Foto aus einem Stapel Papier und warf es auf den Tisch. «Eine Hand wäscht die andere.»

Lasse nahm das Bild und betrachtete es.

«Du warst am Tatort», sagte Kron. «Damit ist es dokumentiert.»

«Hübsches Bild», sagte Lasse.

«Du hast die Karre hochgehen lassen. Das Foto beweist es.»

Lasse schüttelte scheinbar nachsichtig den Kopf. «Das Foto beweist gar nichts.»

«Dass du dort warst, auf jeden Fall.»

«Das leugne ich auch gar nicht. Aber das heißt noch lange nicht …»

Siggi Kron unterbrach ihn. «Zu welchem Zweck solltest du sonst dort gewesen sein? Du weißt genau, wie Staatsanwälte und Richter denken.»

«Diesen Gächter hab ich auch anderswo beobachtet. Ich hab tatsächlich auf eine günstige Gelegenheit gewartet … Er hat den einzigen Menschen auf dem Gewissen, der mir etwas bedeutet hat, und dafür muss er zahlen. Und zwar nicht in Mark und Pfennig!»

«Ja, ja. Dieses Schwein muss endlich mal seine verdiente Strafe bekommen. Aber sag mir jetzt: Was kann ich über dich schreiben?»

«Gar nichts.»

«Hajo, du weißt ganz genau, damals im Knast …»

Lasse zog lässig die Pistole des Vollzugsbeamten aus der Tasche und richtete sie auf Kron. «Das ist der einzige Grund, warum ich dich nicht gleich erschossen hab, als ich reinkam … Du hast mir damals ziemlich geholfen.»

«Tu die Waffe weg! Du würdest mich doch niemals erschießen, Hajo …» Aber Krons Stimme hatte alle Sicherheit verloren.

«Warum nicht? Vier Morde weisen mir die Bullen nach dem Schließer eh schon nach – mit links. Da kommt's doch auf so einen Zeitungsschmierer wie dich nicht mehr an.»

Er entsicherte die Waffe. Kron wurde bleich, er bekam plötzlich Atemnot und einen Schweißausbruch.

«Hey, Hajo», keuchte er, «lass den Scheiß! Du kannst doch nicht deinen alten Kumpel ...»

«Ich hab keine Kumpel. Cornelia war der letzte Mensch, der mir etwas bedeutet hat.»

«Was willst du?», fragte Kron. «Wir können über alles reden!»

Lasse senkte die Waffe und schob mit dem Daumen den Sicherungshebel hoch. «Gut. Ich werde hier unterkriechen, bis meine neuen Papiere fertig sind. Ich zahle zehn Mille Miete. Und wenn du auf die Idee kommen solltest, mich zu verpfeifen ...»

Kron machte heftige abwehrende Bewegungen.

«Ich sage ja nur, wenn ...», fuhr Lasse ungerührt fort, «... du wärst eine Stunde später ein toter Mann. Dafür habe ich gesorgt! Du weißt es ja am besten: Für Geld kriegt man heute alles.»

Kron zweifelte keine Sekunde mehr daran, dass Lasse jedes Wort ernst meinte.

Hajo Lasse ging noch einmal hinaus, um seine wenigen Sachen aus dem Auto zu holen. Ein eisiger Wind pfiff durch die verlassenen Gassen zwischen den einstigen Werkstätten und Schuppen. Irgendwo fiepte eine Ratte. Die überleben auch alles, dachte Lasse. Er hatte gehört, es seien raffinierte und intelligente Tiere. Einen Feind erkannten sie schnell und gingen ihm aus dem Weg.

44

Die Stimmung im Präsidium war gereizt. Bienzle hatte gerade erfahren, dass der Haftrichter Michael Lebert auf freien Fuß gesetzt hatte. Die Tatsache, dass die Bombe in Gächters Auto keinesfalls mit dem Material gebaut worden sein konnte, das in seinem Wohnschiff gefunden worden war, hatte den Ausschlag gegeben. Und dann hatte ihm Gächter auch noch von dem fehlgeschlagenen Versuch erzählt, Lasse zu fassen.

«Wo leben wir eigentlich?», bollerte Bienzle los. «Der Lasse tanzt uns doch auf der Nas' rum! Die ganze Polizei sucht nach ihm, aber er taucht auf unserem Parkplatz auf und begeht praktisch vor unseren Augen seinen fünften Mord in vierzehn Tagen!»

Kerstin war gerade dabei, die neu eingegangenen E-Mails abzuholen. Plötzlich rief sie: «He, Gächter – interessierst du dich eigentlich noch für die beiden Männer, die hinter euch her gewesen sind? Der eine war tatsächlich Gonzales!»

Gächter war in seinen Gedanken noch bei Lassc und antwortete deshalb leicht genervt: «Das ist mir schon lange klar.»

«Ja, aber da war auch noch ein zweiter, und den haben unsere spanischen Kollegen anhand von deinen Fotos jetzt identifiziert – mehr oder weniger.»

«Was soll denn das heißen – mehr oder weniger?», fragte Bienzle noch immer missgelaunt.

«Die bieten uns gleich fünf Namen an. Alles Decknamen wahrscheinlich. Fuentes ist auch dabei.»

«Enrice Fuentes – der Mann, der bei Lebert auf dem Schiff gewohnt hat? Und die anderen Namen?», fragte Bienzle.

«Saramago, Montalbàn, Cervantes …»

«Lauter Schriftsteller», sagte Bienzle nachdenklich.

Kerstin fuhr fort: «Aslan …»

«Stopp – sag das nochmal!» Jetzt war auf einmal auch Gächter ganz bei der Sache.

«Aslan – Francesco Aslan … Klingelt da was bei dir?»

«So heißt der Geschäftsführer des Spanischen Clubs. Zeig mal her!» Gächter nahm Kerstin das Bild aus der Hand und studierte es. «Das ist er aber nicht.»

«Vielleicht ein Verwandter», schlug Bienzle vor. «Was schreiben die Spanier über ihn?»

«Aktivist der Eta. Stammt aus einer alten baskischen Familie. Mehrere Bombenanschläge sollen auf sein Konto gehen. Beweisen konnte man sie ihm allerdings nicht.»

«Und der andere – dieser Gonzales? Weiß man über den inzwischen mehr?», fragte Bienzle.

Kerstin schaute auf dem Computerausdruck nach. «Pedro Gonzales. Er hat in der Eta den Rang eines hohen Offiziers. Gilt als kompromisslos. Er hat seinen älteren Bruder bei einem Feuergefecht verloren.» Sie las vor: «Sein Antrieb ist sein Hass und das Verlangen nach Rache – so steht es hier.»

«A bissle pathetisch, hm?»

«Es sind Südländer. Pedro Gonzales hat drei Morde auf dem Gewissen. *Da* hat Frau Esteban also nicht gelogen. Nur bei den Motiven und den Opfern.»

«Geben Sie mir mal die Bilder», sagte Bienzle, «oder, noch besser, machen Sie Kopien für mich.»

«Warum das denn?»

«Weil ich's Ihne sag! Und außerdem will ich die Fotos a paar Leut zeigen.»

Die Tür ging auf, und ein Mann kam herein. Er war Mitte vierzig und sehr schlank. Seine Bewegungen wirkten eckig. Der Kopf war ungewöhnlich schmal und erinnerte Bienzle, der ihn blinzelnd betrachtete, an einen Windhund.

«Oliver Finkel.» Seine Stimme schnarrte ein wenig, aber vielleicht hatte er nur lange nicht gesprochen. «Ich komme vom Bundesnachrichtendienst. Sie wissen schon: BND. Ich bin hier doch richtig bei der Abteilung K1?»

«Goldrichtig», sagte Kerstin fröhlich und fing sich dafür einen strafenden Blick Bienzles ein.

«Ich ermittle im Fall Esteban», sagte Finkel und fuhr sich mit den gespreizten Fingern der rechten Hand durch seine glatte Frisur. Schnittlauchlocken hatte Bienzles Mutter solche Haare früher genannt.

«Ach, Sie auch?», sagte Bienzle ironisch.

Finkel sah den Kommissar kalt an. «Nur ich! Zusammen mit meinen Kollegen natürlich. Wir haben eine kleine Sonderkommission gebildet.» Er legte ein Papier auf den Tisch. «Das ist die Verfügung des Staatsanwalts und eine entsprechende richterliche Anordnung. Die Spitze Ihres Hauses, der Justizminister und der Innenminister, sind unterrichtet. Mit dem Landesamt für Verfassungsschutz arbeiten wir natürlich eng zusammen.»

«Und was bedeutet das für uns?», fragte Bienzle.

«Alle Ihre bisherigen Ermittlungsergebnisse den Fall Esteban betreffend gehen an uns über. Wenn wir Sie noch brauchen, werden wir Sie im üblichen Amtshilfeverfahren ersuchen, uns zuzuarbeiten. Im Übrigen bitte ich Sie aber, nichts, aber auch gar nichts auf eigene Faust zu unternehmen.»

«Ist doch prima! Da haben wir schon weniger zu tun», rief Kerstin vorlaut.

«Moment mal. Es gibt zwar Hinweise auf die Eta, aber wir haben es auch mit einem gefährlichen Ausbrecher zu tun», wandte Bienzle ein. «Und der ist ein mehrfacher Mörder, der den Anschlag auf Frau Esteban durchaus begangen haben könnte, auch wenn er's auf jemand anderen abgesehen haben mag.» Er schaute rasch zu Gächter hinüber, der aber nur teilnahmslos vor sich hin starrte.

«Wenn das so ist, werden wir es herausfinden. Wer von Ihnen ist Kriminalhauptkommissar Gächter?»

Gächter antwortete schnell: «Der ist heute nicht zum Dienst erschienen.»

«Was?» Bienzle fuhr zu ihm herum. «Was redest du denn da?»

Kerstin sprang ein und wandte sich an Bienzle: «Sie haben ihm doch selber gesagt, er soll zu Hause bleiben – nach dem Schock.» Sie sah den BND-Mann an. «Frau Esteban ist in seinem Wagen ums Leben gekommen.»

«Ja, ja, das weiß ich natürlich», schnarrte Finkel.

Aber Kerstin ließ sich nicht aus dem Konzept bringen. «Und die beiden sind sich ziemlich nahe gekommen – bei ihrer gemeinsamen Arbeit.»

«Nun kommen Sie mir bitte nicht mit Sentimentalitäten.» Während Finkel dies sagte, verließ Gächter den Raum.

Der BND-Mann reichte Bienzle eine Karte. «Hier erreichen Sie mich. Bitte treiben Sie den Kollegen Gächter so schnell wie möglich auf, und schicken Sie ihn sofort zu mir.»

Bienzle nickte. Ihm war nicht behaglich bei dem Spiel, das Gächter und Kerstin Dänhardt angefangen hatten. Er fragte Finkel: «Sagt Ihnen der Name Pesoa etwas?»

«Wie? Nein, wenn Sie nicht diesen Springreiter meinen.»

«Noi, den moin i jetzt net», sagte Bienzle. Und dabei ließ er es dann auch erst einmal bewenden.

45

Bienzle ging gerne in die Landesbibliothek. Er liebte die gedämpfte Stille dort. Am liebsten saß er nur im Lesesaal, pro forma ein Buch vor sich, und beobachtete heimlich die Menschen. Wäre er Schriftsteller gewesen, er hätte seine Bücher hier geschrieben. Nirgendwo konnte man sich besser konzentrieren.

Aber er war Kriminalhauptkommissar und hatte einen Mord aufzuklären.

«Es ist seltsam», sagte er zu Frau Lobental, der er nun in ihrem Büro gegenübersaß. «Da ist dieser Mord an Miguel Pesoa. In seinem direkten Umfeld schien alles ruhig zu sein, aber macht man nur einen Schritt über den engsten Kreis hinaus, dann gerät man plötzlich in ziemliche Turbulenzen.»

Frau Lobental sah ihn aufmerksam an. Sie hatte ein schönes, altersloses Gesicht, sehr ebenmäßig geschnitten, wenn man einmal davon absah, dass die Nase etwas zu kräftig geraten war. Als sie jetzt aufstand, bemerkte Bienzle erst, wie groß die Frau war – eine stolze, hoch gewachsene Gestalt.

Sie ging ein paar Schritte auf und ab und sah Bienzle dann mit ihren auffallend hellen blauen Augen direkt an. «Um Miguel herum herrschte immer eine gewisse Ruhe. Er war ein Mensch, der … ja, der irgendwie besänftigend wirkte. Er konnte so sehr auf andere Menschen eingehen …»

«Sie waren häufig bei Pesoas Festen dabei, nicht wahr?»

«Ja, nach Möglichkeit ließ ich mir keine seiner Einladungen entgehen.»

Bienzle schob das Foto von Pedro Gonzales über den Tisch. «Haben Sie diesen Mann irgendwann einmal dort gesehen?»

Frau Lobental studierte das Konterfei sehr genau. «Ja», sagte sie nach einer Weile. «Ich glaube, er war ein Verwandter von Miguel.»

«Sind Sie sicher?»

«Ja, ziemlich. Es sei denn, er hätte einen Doppelgänger, der ihm sehr, sehr ähnlich sieht.»

«Wissen Sie mehr über den Verwandtschaftsgrad?»

«Bitte?»

«Na ja, war er ein Bruder, Cousin, Neffe, Onkel …?»

«Ach, so meinen Sie das. Ich glaube, er war ein Cousin. Vielleicht weiß es Frau Schlotterbeck.»

«Ich werde sie fragen. Wissen Sie, wie der Mann hieß?»

«Ich glaube, Miguel hat ihn mit ‹Pedro› angesprochen. Aber sicher bin ich nicht.»

«Pesoa war Baske, nicht wahr?»

Frau Lobental nickte nur.

«War er irgendwie für die Separatisten aktiv?»

«Früher vielleicht. Was in letzter Zeit geschah, hat er jedoch verurteilt.»

«Können Sie mir das näher erklären?»

«In diesem Jahr wurden bei Anschlägen mehr als ein Dutzend Menschen umgebracht: Politiker, Soldaten, Unternehmer, Polizisten, Journalisten. ‹Ohne Sinn und Verstand›, wie Miguel immer gesagt hat. Es sind höchstens dreihundert Verrückte, die schießen und bomben und die Basken in Verruf bringen.»

«Jedenfalls sind es genug, um ganz Spanien in Angst und Schrecken zu versetzen. Wenigstens sieht es von hier so aus.»

«Ja, Sie haben Recht», sagte Frau Lobental. «Es ist ja auch ein ungleiches Gefecht. Demokratische Lösungen dauern länger als kriegerische. Die Eta versucht den Staat so weit zu bringen, dass er den Ausnahmezustand verhängt. Den braucht sie, um wieder mehr Anhänger zu motivieren. Mehr und mehr Basken wenden sich von den Terroristen ab.»

«Sie kennen sich gut aus», sagte Bienzle anerkennend.

«Ich bin gewohnt, mich mit den Dingen intensiv zu beschäftigen, die mich interessieren.»

«Vielleicht wissen Sie dann auch, ob Professor Pesoa jemals eine Rolle im Freiheitskampf der Basken gespielt hat, und wenn ja, welche.»

«Darüber hat er leider nie gesprochen.»
Bienzle erhob sich. «Ich danke Ihnen sehr.»
«Aber wofür denn? Wenn ich irgendetwas tun kann, um Miguels Mörder zu finden, stehe ich jederzeit zur Verfügung.»
Bevor Bienzle ging, fragte er noch: «Würden Sie mir verraten, was Sie hier machen?»
Sie lächelte ihn an. «Ich habe einen Forschungsauftrag. Die Beziehung zwischen den christlichen Landeskirchen und den jüdischen Gemeinden in den Jahren 1933 bis 1945.»
«Ich hätte gedacht, da weiß man längst alles», sagte Bienzle.
«Nein. Man hat sich in der Vergangenheit nicht so gerne mit diesen Themen befasst.»
Sie reichte ihm die Hand. Bienzle spürte einen für eine Frau ungewöhnlich festen Händedruck.
Es war nicht weit von der Landesbibliothek zur oberen Alexanderstraße. Bienzle machte den Weg zu Fuß. Er legte nun auch Gesine Opitz das Foto von Pedro Gonzales vor. Gesine gab an, ihn nicht zu erkennen. Bienzle glaubte ihr nicht.

Und wenn er schon dabei war, dann konnte er auch noch einmal die dritte Frau aus Pesoas näherem Umfeld aufsuchen: Luise Schlotterbeck.
Sie war gerade dabei, den Gehweg vor ihrem Häuschen vom festgefrorenen Schnee zu befreien. Die Frau hatte Kraft. Das sah Bienzle schon von weitem, als er das schmale Sträßchen heraufgestapft kam. Wie sie den gefrorenen schmutzigen Schnee mit der Schaufel klein hackte, bevor sie ihn auf die Straße hinausschippte – das hätte kein Mann besser gemacht. Bienzle sagte ihr genau das, als er sie erreicht hatte.

«Ja no, wenn man alloi ischt, ischt mr halt auch auf sich selber angewiesen», gab Frau Schlotterbeck zurück. «Wollen Sie auf ein Stück Sandkuchen reinkommen? Soll ich einen Kaffee machen?»

Bienzle lehnte ab. Er zog die Fotos heraus und zeigte sie Frau Schlotterbeck. Sie deutete gleich auf das Bild von Pedro Gonzales. Der sei öfter da gewesen, aber dann hätten die beiden Krach gekriegt, berichtete sie dem Kommissar.

«Wissen Sie auch, worum es ging?»

«Ich habe keine Ahnung, aber der Professor Keck müsst des wisse. Der ischt damals dabei g'wesen und hat kräftig mit dispudiert. Kennet Sie den?»

Bienzle nickte. «Ich bin schon amal bei ihm g'wese.»

«A fürchterlicher Mensch. Man weiß nie, macht er an Spaß oder moint er's ernst.»

Bienzle verabschiedete sich. Aber er war noch keine drei Schritte gegangen, als ihn Frau Schlotterbeck nochmal aufhielt: «Saget Sie, Herr Kommissar ...»

«Bienzle langt.»

Ohne zu zögern, setzte Frau Schlotterbeck neu an: «Saget Sie, Herr Bienzle, könnet Sie da eigentlich nix mache? Der Kerle kommt jetzt wieder und treibt sich im Herrn Professor seiner Wohnung rum.»

Bienzle ging die drei Schritte zu Frau Schlotterbeck zurück. «Sie wollen sagen, da bricht wieder einer ein, um die Wohnung zu benutzen?»

«So könnte man sagen, ja.»

«Und Sie sind sich ganz sicher?»

Frau Schlotterbeck sah den Kommissar mit einem Blick an, der eine sofortige Entschuldigung forderte.

«Sie haben das sicher gut beobachtet», sagte Bienzle rasch.

«Der wird ja wissen, dass der Herr Professor tot ist und dass ihn jetzt keiner mehr stört.»

Frau Schlotterbeck stieß die Schneeschaufel wütend in die nächste grauweiße Eisplatte.

46 Bienzle traf Volkmar Keck in der Mensa der Uni, nachdem er sich telefonisch mit ihm verabredet hatte.

Er gehe aus alter Gewohnheit immer noch zum Essen hierher, sagte der Professor und blinzelte mit seinen listigen Augen. «Die Küche ist herzlich schlecht, und deshalb isst man hier weniger. Außerdem sieht man so viele hübsche Studentinnen, obwohl das im Sommer mehr Spaß macht als bei solchen Temperaturen wie jetzt.»

Bienzle fragte Keck nach den Verbindungen seines verstorbenen Freundes zur Eta.

«Ach, es ist ihm so gegangen wie den meisten Leuten da unten im Baskenland. Er war der Gewalt überdrüssig. Denen geht's doch wie den Südtirolern in Italien. Vor lauter schlechtem Gewissen hat ihnen der Zentralstaat jede Menge Zugeständnisse gemacht, und wirtschaftlich sind die Basken besser dran als alle anderen Spanier.»

«Ja, dann versteh ich nicht ...»

Keck ließ sich nicht gerne unterbrechen, wenn er dozierte. «Die Nationalisten träumen halt nach wie vor von einem unabhängigen Baskenstaat. Seit 1998 wollen sie dieses Ziel aber nur noch mit demokratischen Mitteln verfolgen. Die Eta willigte in einen Waffenstillstand ein, doch eine neue, noch kaltblütigere Generation von Terroristen nutzte die Zeit, um sich neu zu organisieren. Und diese jungen Leute haben die Unterdrückung der baskischen Kultur durch das Franco-Regime gar nicht miterlebt. Die hängen einem Unterdrückungsmythos an! Ich muss immer an Irland denken, wo heute noch die Schlachten von vor dreihundert Jahren ständig neu geschlagen werden.»

Bienzle nickte. «Und was hat nun Miguel Pesoa mit alldem zu tun gehabt?»

«Er war mit dem Ministerpräsidenten des Baskenlandes befreundet. Und der hat das Bündnis mit der Nationalistenbewegung für beendet erklärt, als die jungen Terroristen mit ihren neuen blutigen Anschlägen begannen. Die haben aufgerüstet wie eine Kriegsmacht. Noch heute verfügen die über mehr als drei Tonnen Dynamit aus einem Raub in der Bretagne vor einem Jahr! Miguel Pesoa hat sich dem Ministerpräsidenten für den Kampf gegen diese Verrückten zur Verfügung gestellt.»

«Aus Sicht der Eta hat er also die Fronten gewechselt?»

«Ja, so muss man das wohl sehen.»

Bienzle schob die Bilder von Pedro Gonzales und Francesco Aslan über den Tisch. «Kennen Sie diese beiden?»

«Die waren nur einmal da, als ich dabei war. Der eine ist Miguels Cousin, doch beide sind absolute Fanatiker. Sie wissen ja: Fanatiker sind zu allem fähig, aber sonst zu nichts.»

Bienzle nickte. Er kannte den Spruch. «Würden Sie denken, dass die beiden so weit gegangen sind, Pesoa umzubringen?»

«Wie ich gerade sagte … Fanatiker!»

Bienzle legte nun ein Foto von Carmen Esteban auf den Tisch. «Und die da?»

Keck nahm das Bild. Sein Blick veränderte sich. «Eine wunderbare Frau», sagte er, «eine ganz wunderbare Frau. Schön, intelligent, charmant … Bei wem kommt das alles schon mal zusammen?»

«Sie war für den spanischen Staatsschutz tätig.»

Keck verzog das Gesicht. Die Vorstellung gefiel ihm nicht. «Und ich hätte gewettet, sie sei Pesoas Geliebte gewesen.»

«Das eine schließt ja das andere nicht aus ... Jetzt ist sie tot.»

«Nein!»

«Doch. Sie starb durch eine Autobombe. Es sieht ganz so aus, als ob die Basken jetzt ihren Krieg zu uns tragen, wie die Kurden und die Türken lange Zeit ...»

«Politik und Moral verkommen in einem rasanten Wettlauf, finden Sie nicht auch?», fragte Keck.

«Ich kümmere mich wenig um Politik und um Moral schon gleich gar nicht.»

«Schämen Sie sich!», sagte Keck und schaute einer jungen Frau in hautengen schwarzen Lederhosen nach. «Ach, wenn's doch endlich wieder Sommer wäre ...»

47

Gächter war zu dem Hotel gefahren, in dem Carmen Esteban untergebracht gewesen war. Er wusste, dass sich der Mann an der Rezeption am liebsten in der Küche aufhielt und nur nach vorne kam, wenn ein Gast nach ihm klingelte. Also war es ein Leichtes, sich vorbeizuschleichen und in den ersten Stock hinaufzusteigen, wo Carmens Zimmer lag. Es war noch immer auf ihren Namen gemietet.

Gächter öffnete die Tür mit einem gebogenen Draht, den er immer bei sich trug. Als er über die Schwelle trat, erfasste ihn ein Schwindel. Er musste sich am Türbalken festhalten. Der Duft ihres Parfüms schlug ihm entgegen. Er sah ihre Kleider und ihre Wäsche in der gewohnten Unordnung auf allen Sitzgelegenheiten und dem breiten französischen Bett herumliegen. Jedes Detail erinnerte ihn an sie.

Das Gefühl des Verlassenseins und eine unendliche Müdigkeit überfielen ihn. Was tat er hier eigentlich? Machte das irgendeinen Sinn? Hatte überhaupt noch etwas Sinn? Hundertmal hatte er sich – trotz der kurzen Zeit – die Zukunft mit Carmen vorgestellt. Ein ganz neues Leben: hell, voller Farben, voller wunderbarer Überraschungen, voller Liebe.

Er sah ihren Koffer auf der Kofferbank liegen, und das erinnerte ihn daran, weswegen er gekommen war. Carmen hatte gesagt: «Ich habe die Unterlagen in meinem Hotelzimmer.»

Was gab es viel zu durchsuchen, wenn man nur mit einem Koffer und einer Tasche angereist war? Gächter hatte schnell alle Schrankfächer und Kommodenschubladen durchgeschaut, aber außer Kleidungsstücken und Kosmetikartikeln fand er nichts. Ratlos sah er sich um. Dabei fiel sein Blick erneut auf Carmens Koffer, den er selber vor ein paar Tagen ins Zimmer heraufgetragen hatte. Er schlug den Deckel zurück. Der Koffer war bis auf ein paar Wäschestücke leer. Gächter tastete den Boden ab. Er trat einen halben Schritt zurück und verglich die Innenmaße des Koffers mit den Außenmaßen. Er spreizte Daumen und Zeigefinger der rechten Hand und zirkelte so die Höhe des Gepäckstücks zuerst innen und dann außen ab. Der Unterschied war erheblich. Gächter schloss den Koffer und hob ihn hoch. Auch das Gewicht deutete darauf hin, dass da noch ein geheimes Fach sein musste. Gächter verließ mit dem Koffer das Zimmer.

Er war schon die ersten Stufen der Treppe hinuntergegangen, als er von unten Stimmen hörte.

«Frau Carmen Estebans Zimmer?»

Der Rezeptionist antwortete: «Nummer acht im ersten Stock.»

«Den Schlüssel bitte.»

Das war unverkennbar die knarrende Stimme Finkels. Gächter machte kehrt und stieg die Treppe hinauf bis ins zweite Stockwerk. Durch die Staketen des Geländers sah er sie heraufkommen. Finkel war in Begleitung eines zweiten Mannes, der kleiner und dicker war. Gächter drückte sich mit dem Rücken an die Wand und wagte kaum zu atmen.

«Von der Kripo hier können wir keine Unterstützung erwarten. Die haben alle nur ihren Ausbrecher im Kopf ... bis auf den einen vielleicht, der sich offenbar in die spanische Kollegin verknallt hat», hörte er den BND-Mann sagen.

Als die Tür hinter den beiden ins Schloss gefallen war, drückte sich Gächter mitsamt dem Koffer vorbei und schlich auf Zehenspitzen nach unten. Die Stimme des Portiers drang aus der Küche, wo er lautstark berichtete, dass man jetzt schon die Geheimdienste im Haus habe.

48

Bienzle und Kerstin fuhren zum Spanischen Club. Die Anwärterin saß am Steuer, Bienzle hockte zusammengesunken auf dem Beifahrersitz. Nach dem Gespräch mit Volkmar Keck schien Pesoas Verhältnis zur Eta die einzige heiße Spur zu sein, die sie hatten. Vielleicht hatten den spanischen Literaturwissenschaftler ja tatsächlich die beiden «Fanatiker» Pedro Gonzales und Francesco Aslan auf dem Gewissen. Zumindest konnte es sich lohnen, die beiden einmal in die Mangel zu nehmen. Und womöglich steckten sie auch hinter dem Bombenanschlag auf Carmen Esteban.

Kerstin Dänhardt stoppte das Fahrzeug vor dem Spanischen Club. Um diese Tageszeit wirkte das Etablissement grau und trist. Als sie hineingingen, roch es nach kaltem Zigarettenrauch und abgestandenem Bier. Auf der Bühne saß ein einsamer Gitarrist beim Soundcheck mit der Lautsprecheranlage.

Aslan kam aus dem hinteren Bereich, wo er sein Büro hatte, auf Bienzle und Kerstin Dänhardt zu, als ob ihm jemand die Ankunft der beiden Polizeibeamten gemeldet hätte. «Wir haben noch geschlossen», rief er von der Durchgangstür her.

Bienzle hielt ihm seinen Polizeiausweis unter die Nase. «Herr Aslan?»

«Ja?»

«Vorname?»

«Carlos.»

Kerstin Dänhardt sagte forsch: «Wir suchen Ihren Bruder Francesco.»

«Ich habe keinen Bruder.»

«Aber Sie haben einen Verwandten namens Francesco Aslan?»

«Einen Cousin, ja.»

«Wo finden wir den?», fragte Kerstin weiter, während Bienzle scheinbar interessiert die Einrichtung des Clubs betrachtete.

Aslan zuckte sehr nachdrücklich mit den Schultern. «Ich hab keine Ahnung, tut mir Leid.»

«Sie erwarten aber nicht, das wir Ihnen das glauben?», sagte Kerstin.

«Ich erwarte gar nichts. Aber ich kann Ihnen leider auch nicht helfen.»

Bienzle ergriff wieder das Wort. «Können wir uns hier mal umsehen?»

«Haben Sie eine richterliche Durchsuchungsanordnung?»

Bienzle lächelte. «Ich bin immer beeindruckt, wenn einer die einschlägigen Begriffe so gut kennt. Sie erlauben es uns also nicht?»

«Nein.»

«Und wie begründen Sie das?»

Aslan zuckte wieder mit den Schultern. «Muss ich es denn begründen?»

«Nein, aber Sie wissen sicher, dass Sie sich mit diesem Verhalten verdächtig machen», sagte Kerstin.

«Warum? Ich habe es nur nicht gern, wenn wildfremde Menschen in meinen Sachen herumschnüffeln.»

Bienzle machte eine resignierende Geste. «Tja, da kann man nichts machen.»

Als sie den Club verließen, sah Kerstin ihren Chef verständnislos an. «Geben Sie immer so schnell auf?»

Bienzle wollte zunächst heftig antworten. Wie kam dieses Mädchen dazu, ihn zu kritisieren? Stattdessen sagte er: «Ist Ihr Handy eingeschaltet?»

«Ja, warum?»

«Gut, Sie übernehmen die Vorderfront, ich die Rückseite.»

Kerstin brauchte ein paar Sekunden, bis sie begriffen hatte. Dann ärgerte sie sich erst einmal über sich selber. Auf die Idee, dass man Aslan nach diesem Auftritt observieren musste, hätte sie auch kommen können.

Bienzle stapfte durch die enge Gasse an der Schmalseite des Clubs entlang. Der Himmel hatte sich wieder bezogen, und erste Schneeflocken tanzten in der Luft. An das hintere Ende der Giebelmauer schloss sich ein grau gestrichenes Rolltor an, das offen stand. Dahinter tat sich ein kleiner Hof auf. Er wirkte ordentlich und aufgeräumt. Die Mülltonnen standen hinter einem rau verputzten Mäuerchen. Zwei Autos, ein Geländewagen und eine Limousine, parkten dicht vor der Hauswand. Zum Club führte eine Staffel mit vier Stufen hinauf. Offenbar lag hinter der Stahltür, die dort in die Rückwand des Gebäudes eingelassen war, die Küche, zumindest ließen die Geräusche darauf schließen.

Bienzle wählte Kerstins Nummer und sagte, als sich die junge Kollegin gemeldet hatte: «Wir lassen die Leitung jetzt stehen.» Er wusste selbst nicht, woher er die Gewissheit nahm, dass Aslan jeden Moment erscheinen würde.

Tatsächlich dauerte es keine fünf Minuten, bis der Geschäftsführer des Spanischen Clubs durch die Hintertür kam und in zwei Sätzen die Treppe in den Hof hinabsprang. Gleichzeitig öffnete er die Türen des Geländewagens mit einem kleinen Sender.

Bienzle, der versteckt hinter dem linken Torpfosten stand, sagte in sein Telefon: «Er verlässt das Haus und geht zu einem Geländewagen Marke Nissan.»

Während der Kommissar die Nummer durchgab, startete Aslan schon den Motor. Bienzle hatte Mühe, sich außer Sicht zu bringen. Der Geländewagen kam durchs Tor und bog nach links in die Gasse ein.

«Los», rief Bienzle ins Telefon, «kommen Sie mit dem Wagen! Er fährt in die andere Richtung!»

Aslan war noch nicht am Ende der Gasse angelangt, als Kerstin schon neben Bienzle hielt und die Beifahrertür von innen aufstieß. Er stieg ein und Kerstin startete mit durchdrehenden Reifen. Eine Katze, die die Gasse überquerte, rettete ihr Leben nur mit sehr viel Glück.

Aslan fuhr auf der Bundesstraße 14 Richtung Bad Cannstatt und bog am Mineralbad Leuze auf die Autoschnellstraße Richtung Esslingen ab.

«Wie weit fahren wir ihm nach?», wollte Kerstin wissen.

Bienzle brummte: «Der fährt net weit. Vielleicht bloß bis zum Neckarhafen.»

Der Schneefall hatte jetzt zugenommen. Die Flocken waren aber noch immer leicht pulvrig. Der Fahrtwind pustete sie locker von der Frontscheibe.

Bei der Ausfahrt Obertürkheim / Rotenberg verließ Aslan die Schnellstraße. Auf der Mitte der Brücke, zwischen Neckar und Neckarkanal, bog er ab. Die Straße führte auf eine Insel zwischen den Wasserarmen.

«Sagen Sie, kommt Ihnen der Weg nicht bekannt vor?», fragte Kerstin.

«Ja, er führt uns genau zu Michael Leberts Wohnschiff.»

«Vielleicht hätten wir den doch stärker im Auge behalten müssen», meinte die junge Anwärterin.

«Der Haftrichter hätt' ihn nicht laufen lassen sollen.»

«Oder wir hätten den Verfassungsschützern einen Tipp geben sollen.»

«Ja, was denn sonst noch alles?», regte sich Bienzle auf. «Eher beiß ich mir die Zung' ab, bevor ich denen einen Tipp geb! Den Fall klären *wir*. Und die sollen uns nachher gratulieren!»

Etwa dreihundert Meter vor ihnen erreichte Aslan den gekiesten Weg, der zu den Wohnschiffen hinunterführte. Er stellte den Geländewagen ab und ging mit schnellen Schritten auf Leberts Kahn zu.

Kerstin Dänhardt steuerte den Dienstwagen zwischen zwei heruntergekommene Baracken am oberen Rand der Uferböschung. Hier hatten sie eine gute Deckung. Bienzle nickte anerkennend und rang sich ein «Sehr gut!» ab.

Dann pirschten sich die beiden an das Boot heran. Ein Bullauge, das zum Wohnraum gehörte, war gekippt. Als sie näher kamen, hörten sie Stimmen. Kerstin zog die Schuhe aus und balancierte auf Strümpfen den schmalen Umgang entlang, bis sie unter dem Bullauge war.

«Wir *müssen* ihn warnen!» Das war Aslans Stimme.

Bienzle bezog Position an der Eingangstür.

«Ich hab keine Nachricht von ihm. Wenn, dann würde er sich doch bei dir melden», sagte drinnen jetzt Lebert.

«Bei mir? Sicher nicht. Francesco traut mir nicht mehr. Trotzdem, wenn wir ihn nicht warnen, läuft er denen irgendwann ins offene Messer.»

«Und warum traut er dir nicht mehr?», fragte Lebert.

In einzelnen Gesprächsfetzen konnte jetzt auch Bienzle verfolgen, was im Inneren des Schiffes gesprochen wurde.

«Du weißt, dass ich ihn nie verraten würde», sagte Aslan, «aber ich trage diesen Wahnsinn nicht mehr mit. Und das habe ich ihm gesagt.»

Die Kälte kroch Bienzles Hosenbeine hinauf. Hier am Wasser war es kühler als in der Stadt. Zudem musste er dringend pinkeln, und dieser Drang wurde durch die Kälte noch verstärkt.

«Das werden deine Kameraden aber nur schwer verstehen», sagte Lebert.

Aslan wurde laut. Bienzle verstand jetzt jedes Wort. «Du siehst doch auch, was in Spanien los ist! Wir haben immer mehr Leute gegen uns!»

«Das ist ein Freiheitskampf, Carlos! Da kann man nicht einfach sagen: Die Stimmung schlägt um, dann lassen wir's eben.»

Der Chef des Spanischen Clubs erregte sich noch stärker: «Was weißt denn du davon? Du warst doch immer nur ein Tourist!»

«Tourist? Hast du eine Ahnung, was ich alles eingesetzt habe? Auch jetzt wieder!»

«Aber warum? Was gehen dich wir Basken an?»

«Maria hast du wohl vergessen?»

«Liebe! Damit hättest du keinem von uns kommen können. Unsere Liebe gehört dem Baskenland!»

«Und trotzdem willst du dich klammheimlich davonschleichen?»

«Klammheimlich? Ich habe es Francesco ins Gesicht gesagt. Für mich ist Schluss! Ich steige aus!»

«Du weißt genau: Bei der Eta kann man nicht aussteigen!» Krachend schlug Lebert das gekippte Fenster zu. Kerstin erschrak so heftig, dass sie um ein Haar über Bord gegangen wäre.

Bienzle, dessen Gesicht verzerrt war, weil seine Blase immer stärker drückte, machte ihr heftig Zeichen. Die beiden gingen links und rechts von der Eingangstür in Stellung und pressten ihre Ohren an die Türfüllung. Kerstin war noch immer auf Strümpfen. Bienzle zog seine Dienstwaffe, die er ausnahmsweise einmal bei sich trug.

Sie hörten jetzt Aslans Stimme: «Ich hab's dir gesagt. Diese Frau hat mehr gewusst, als wir ahnten … Die war kurz davor, Francesco zu schnappen.»

«Aber sie ist tot.»

«Ein glücklicher Zufall.»

Lebert lachte auf. «Zufall? Mann, bist du naiv! Das war ein sauber geplanter Anschlag.»

Bienzle nickte Kerstin zu und sagte: «Das langt!» Er fasste nach dem Türgriff, drehte ihn, stieß die Tür mit dem Fuß auf und trat in den Raum. «Polizei! Keine falsche Bewegung!»

Kerstin stand, die Waffe ebenfalls gezogen und vorschriftsmäßig beidhändig und mit gestreckten Armen in Anschlag gebracht, schräg hinter ihm. Ihre Schuhe hatte sie auf dem Schuhabstreifer vor der Tür abgestellt.

Aslan und Lebert leisteten keinen Widerstand.

Bienzle war froh, dass die angeforderte Verstärkung sehr schnell kam. Klammheimlich schlich er sich auf die Wasserseite des Kahns, um sich endlich, endlich zu erleichtern.

49 Als Gächter mit dem Koffer ins Büro kam, war niemand da. Die Sekretärin sagte ihm, Bienzle und Frau Dänhardt seien in den Spanischen Club gefahren. Die anderen Kollegen seien noch immer mit Befragungen im Fall Pesoa beschäftigt. Gächter war es recht. Er rief Sepp Binder an. Der arbeitete im Labor und galt als technisches Genie.

Zehn Minuten später betrat Binder das Büro. Er gab Gächter die Hand und sagte: «Was da mit deiner spanischen Kollegin passiert ist, tut mir saumäßig Leid, Günter.»

«Schon gut.» Gächter wollte nicht darüber reden.

Sepp Binder spürte das und wechselte sofort das Thema. «Vor einer Stunde ist der Bericht von den Ballistikern gekommen. Die beiden Projektile stammen aus einem Jagdgewehr Marke Mauser.»

«Was für Projektile?»

«Die auf dich abgefeuert wurden, Mann!»

«Ach so.» Gächter schien das alles nicht sonderlich zu interessieren. Er legte den Koffer auf seinen Schreibtisch. «Schau dir den mal an. Ich glaube, der hat ein Geheimfach …»

Binder packte den Koffer am Griff und wog ihn mit der Hand. «Das kann gar nicht anders sein, bei dem Gewicht!»

Behutsam legte er das Gepäckstück auf die Schreibtischplatte zurück und tastete den Innenraum ab. Er schloss dabei die Augen und atmete mit halb geöffnetem Mund. Dann fasste er in seine linke Hosentasche und zog ein chromblitzendes kleines Instrument heraus. Ein Druck auf einen Knopf genügte, und eine lange, sehr dünne Nadel schoss heraus, die vorne eine kaum wahrnehmbare kugelförmige Verdickung hatte. Sepp Binder tastete damit die inneren Ränder des Koffers ab. Plötzlich hörte man ein leises Klack.

«Des war jetzt gar net so schwer», sagte Binder und stieß

die Luft aus. Mit beiden Händen hob er den Zwischenboden des Koffers heraus. Zum Vorschein kamen drei dünne, dicht nebeneinander liegende Aktenordner. «B'sonders modern ischt des aber net», sagte der Techniker.

Gächter nahm die Akten heraus. Der erste Ordner trug den Namen *Miguel Pesoa*, der zweite war mit *Carlos und Francesco Aslan* beschriftet, der dritte mit dem Namen *Pedro Gonzales*.

Gächter ging zu dem kleinen Tisch in der hintersten Ecke, an dem Carmen Esteban zuletzt gearbeitet hatte. Er schlug die Akte Pesoa auf. Die originalen Schriftstücke waren in Spanisch, aber es gab zu jedem auch eine deutsche Übersetzung. Gächter begann zu lesen.

50

Uniformierte Polizeibeamte hatten Lebert und Aslan abgeführt und in einen Streifenwagen gesetzt, der nun schon auf dem Weg zum Polizeipräsidium war. Bienzle steuerte jetzt den zivilen Dienstwagen. Kerstin Dänhardt saß im Schneidersitz neben ihm und massierte sich die Zehen und Fußsohlen.

«Ich glaube, ich hab mir Erfrierungen dritten Grades zugezogen», sagte sie.

Bienzle fuhr langsam. Der Schnee blieb nun auf der Straße liegen und fror an. Darunter hatte sich eine Eisschicht gebildet.

Kerstin sah zu ihm hinüber. Sie wusste, dass er sie nicht leiden konnte. «Was haben Sie eigentlich gegen mich?», fragte sie.

«Warum soll ich was gegen Sie haben?»

«Ich spür das doch. Haben Sie grundsätzlich was gegen Frauen?»

«Blödsinn!»
«Oder haben Sie Angst vor uns?»
Bienzle trat auf die Bremse, der Wagen schlingerte und rutschte gegen den Bürgersteig. Auf der Stirn des Kommissars stand jetzt eine steile Falte. Es dauerte eine Weile, bis er den ersten Gang einlegte und wieder anfuhr. Dann erst sagte er: «Wenn's so wär, dät ich's Ihne bestimmt net sage!»
Sie schwiegen, bis sie die Schillerstraße erreichten. Kerstin Dänhardt zog ihre Schuhe wieder an. «Ihre Frau malt», sagte sie. Es klang wie eine Frage.
Bienzle nickte und gab einen undefinierbaren Ton von sich.
«Was denn zum Beispiel?»
«Zurzeit sind's Akte.»
«Männliche oder weibliche?»
«Männliche.» Bienzle wunderte sich selber, dass er so bereitwillig Auskunft gab.
«Hat Ihre Frau Sie auch schon gemalt?»
«Jetzt wird's vielleicht doch a bissle intim», sagte Bienzle und bog auf den Parkplatz hinter dem Präsidium ein.
Kerstin zuckte mit den Schultern. «Solang Sie das Bild nicht im Büro aufhängen …»

51

Schon nach wenigen Seiten war Gächter auf eine Verpflichtungserklärung Miguel Pesoas gestoßen. Er hatte sich demnach der spanischen Polizei zur Verfügung gestellt, um zwei besonders brutale Verbrechen der Eta-Terroristen aufzuklären. Wörtlich schrieb Pesoa:
Die Eskalation der letzten Monate ist nicht zu tolerieren. Das hat nichts mehr mit dem Kampf um unsere nationale

Identität zu tun. Das Morden hat sich verselbständigt. Wo aber gemordet wird, um die Lust am Töten zu befriedigen, wo blinde Rache zur Richtschnur des Handelns wird, wo baskische Aktivisten das Ziel einer verantwortlichen Autonomie aus dem Blick verloren haben und sehenden Auges einen Bürgerkrieg herbeiführen wollen, kann ich nicht mehr mitmachen.

Gächter blätterte weiter. Die Morde, derentwegen Pesoa die Seiten gewechselt hatte, waren genau dokumentiert. In einem Falle handelte es sich um die brutale Hinrichtung eines vierundvierzigjährigen Mannes und Vaters von vier Kindern, der öffentlich für eine Versöhnung mit der spanischen Staatsmacht eingetreten war. Zwei Männer hatten ihm aufgelauert, und als er in seiner Garage aus dem Auto gestiegen war, hatten sie ihn mit insgesamt zwölf Kugeln aus nächster Nähe förmlich durchsiebt. Ein Zeitungskommentator schrieb über das Opfer:

Er hatte nur ausgesprochen, was mehr als 65 Prozent aller Basken denken: In der Zeit nach Franco sind die demokratisch gewählten Regierungen Spaniens und König Juan Carlos auf die Basken zugegangen. Eine Teilautonomie wurde erreicht, und sie könnte mit friedlichen Mitteln ausgebaut werden. In einem zusammenwachsenden Europa ist es ein Anachronismus, von einem Baskischen Nationalstaat mit drei spanischen und drei französischen Provinzen zu träumen. Die Führer der Eta verlieren mehr und mehr den Bezug zur Realität.

Der zweite Anschlag, der zu Pesoas Sinneswandel beitrug, hatte sich in San Sebastian ereignet. Eine Autobombe war im Wagen eines Richters hochgegangen. In dem Fahrzeug saß die Frau des Richters mit ihren eigenen zwei Kindern und einem kleinen Nachbarjungen. Sie wollten zum Meer fahren, um zu baden. Auch hier waren Zeitungsberichte mit eingeheftet. Gächter fiel vor allem eine Schlagzeile ins Auge: *«Immer häufiger trifft es die Unschuldigsten. Wie wollen die Mörder den Tod von drei kleinen Kindern rechtfertigen?«*

Nachdenklich schlug der Kommissar die Seite um. Auf den nächsten Blättern war festgehalten, wie die Zusammenarbeit zwischen Pesoa und der Polizei gestaltet werden sollte. Eine Nichte des Literaturprofessors arbeitete bei der Staatschutzabteilung. Sie sollte den Kontakt zu Pesoa halten: Dr. Carmen Esteban.

Gächter lehnte sich zurück, schloss die Augen, und sofort war das Bild Carmens wieder da: Carmen, wie sie wartend am Flughafen stand, Carmen, wie sie im Hotel aus dem Badezimmer gefegt kam, ihren schönen Körper nur nachlässig unter einem seidenen Morgenmantel verbergend; Carmen, wie sie an diesem Schreibtisch saß und intensiv die Akten studierte – so wie er jetzt. Wie musste Sie Pesoas Tod getroffen haben! Und wie viel Kraft musste es sie gekostet haben, sich ihren Schmerz nicht anmerken zu lassen …

Gächter fuhr sich mit der Hand über die Augen und öffnete sie wieder. Seine Fingerkuppen waren feucht. Da fiel ihm ein, dass Carmen ja auch ein Kind hinterließ.

Bienzle und Kerstin Dänhardt kamen ins Büro zurück. Bienzle nieste und schauerte zusammen. Er ging sofort zur Heizung, zog einen Stuhl heran und ließ sich ächzend darauf sinken. Erst dann sah er Gächter.

«Das mit der Bombe in deinem Auto waren die Spanier und Lebert», sagte er, «Lasse hat nur zugeschaut.»

Gächter hob den Kopf. «Ja», sagte er, «die Bombe ist von der gleichen Bauart gewesen wie die in San Sebastian.»

«Hä? Von was schwätzscht jetzt du?», wollte Bienzle wissen.

Gächter gab keine Antwort, sondern fuhr fort: «Die Todeskommandos gehen immer auf das Konto von Francesco Aslan und Pedro Gonzales.» Er klopfte auf den Aktendeckel vor sich. «Wer weiß, vielleicht hat der Lebert ihnen die Bomben gebaut.»

Kerstin sagte nachdenklich: «Dann hat er die Spuren in seiner Werkstatt sehr gut verwischt. Unser Laborbericht hat ja festgestellt, dass die Bombe in deinem Auto nicht aus seiner Werkstatt stammen konnte. Und bewiesen haben wir Lebert noch nichts!»

Bienzle winkte ab. «Das machen wir dann schon. Der legt ein Geständnis ab. Außerdem wird Aslan aussagen.»

«Aslan?», rief Gächter herüber.

«Carlos Aslan», sagte Bienzle, «der Chef des Spanischen Clubs. Scheinbar ist er zur Vernunft gekommen.»

«Wie der Pesoa auch», antwortete Gächter. «Fragt sich bloß, wo die Basken untergeschlüpft sind, nachdem sie mitgekriegt haben, dass es bei Carlos Aslan und Miguel Pesoa nicht mehr ging.»

«Einer von ihnen hat ja wohl bei Lebert gewohnt. Da schicken wir jetzt die Spurensicherung nochmal hin.» Bienzle stand stöhnend von seinem Stuhl auf.

«Was fehlt dir eigentlich?», fragte Gächter.

«I hab's im Kreuz. Ich müsst längst zu meinem Orthopäden, aber man kommt ja zu nix. Weißt du, wie wir Schwaben sagen? Lieber reich ond gsond als arm ond krank. Los, Dänhardt, wir nehmen uns die zwei jetzt vor.»

«Kann ich das nicht machen?», fragte Gächter.

Bienzle schüttelte den Kopf. «Des wär mir zu g'fährlich.»

52 Aslan und Lebert saßen in der Arrestzelle des Präsidiums – der Spanier auf der Pritsche, Lebert am andern Ende des schmalen Raums auf einem Stuhl. Beide waren noch mit Handschellen gefesselt.

Bienzle sagte schon auf der Schwelle: «Es war also ein ‹sauber geplanter Anschlag›?» Er trat dicht vor Lebert hin. «Und Sie haben ihn durchgeführt?»

«Was hab ich?» Lebert versuchte zu lachen.

Bienzle blieb gelassen. «Sie haben zu Herrn Aslan wörtlich gesagt: ‹Hast du eine Ahnung, was ich alles eingesetzt habe? Auch jetzt wieder!› Stimmt doch, oder?»

«Sie haben das alles gehört?», fragte Aslan.

Bienzle nickte. «Sie müssen sich sehr sicher gefühlt haben.»

Der Spanier schaute Lebert voller Verachtung an. «Mit den Amateuren ist es immer das Gleiche. Sie berauschen sich an ihren guten Absichten und machen Fehler!»

Zwei Stockwerke höher arbeitete Gächter konzentriert Carmens Akten durch. Er stieß auf eine Adressenliste und einen Stadtplan von Stuttgart. Die aufgelisteten Anschriften waren auf dem Plan angekreuzt: der Spanische Club, Pesoas Villa, das Wohnschiff von Michael Lebert und eine Adresse, die neu für ihn war: Fernando Delgado – Autoreparaturen, alle Marken, alle Typen. Lorettastraße 16. Er hob das Telefon ab und gab Bienzle diese neue Information durch.

«Sieht ganz so aus, als wüssten wir jetzt, wo wir Francesco Aslan finden», sagte der ein paar Sekunden später zu den beiden Inhaftierten.

«Das glauben Sie doch selber nicht!», höhnte Lebert.

Während des nächsten Satzes ließ ihn Bienzle nicht aus

den Augen. «Sagt Ihnen der Name Fernando Delgado etwas – Autoreparaturen, alle Marken, alle Typen, Lorettastraße 16?»

Lebert zeigte eine deutliche Reaktion. Auch Aslan war alarmiert. «Scheiße!», entfuhr es dem Deutschen.

Aslan schüttelte den Kopf und sagte zu Bienzle: «Er hat sich nicht in der Gewalt! Ich habe immer davon abgeraten, bei den Aktionen ungeschulte Leute einzusetzen.»

«Was war denn *Ihre* letzte Aktion?», fragte Bienzle den Spanier.

Aslan zeigte ein feines Lächeln. «Ich kann mich nicht erinnern.»

Bienzle ließ ihn nicht aus den Augen. «Haben Sie eigentlich keine Angst?»

«Warum sollte ich Angst haben?»

«Sie und Pesoa haben sich von der Eta zurückgezogen. Pesoa hat das mit seinem Leben bezahlt.»

«Wer sagt das?»

«Ich sage das!»

«Haben Sie dafür irgendwelche Indizien oder gar Beweise?»

«Die werden wir noch finden.»

Aslan schüttelte den Kopf. «Ich habe mit einer guten Freundin gesprochen. Sie ist überzeugt davon, dass Miguel von einem Mann umgebracht wurde, der immer wieder in seine Wohnung eingebrochen ist. Miguel muss diesen Mann überrascht haben.»

«Es war ein geplanter Mord», sagte Bienzle. «Wäre er im Affekt passiert, dann könnten Sie mit Ihrer Theorie Recht haben. Aber der Mörder hat sich richtig drauf vorbereitet. Er hatte mitbekommen, dass Miguel Pesoa ein Türschloss auswechseln ließ und dass er neue Klinken brauchte. Er hat auch gewusst, das der Schlosser mehrere Klinken zur Auswahl dagelassen hatte. Mit einer davon hat er Pesoa umgebracht.»

«Mit einer Türklinke?»

Bienzle nickte. «Ich weiß, was Sie sagen wollen. Kein Eta-Mann würde so vorgehen.»

«So ist es!»

Bienzle wechselte das Thema und wandte sich plötzlich Lebert zu. «Wie war das mit Maria?»

Lebert wurde von dieser Frage überrumpelt. «Was …? Wie …?», stotterte er.

«Erzählen Sie's mir», sagte Bienzle zu Carlos Aslan.

«Maria ist letztes Jahr ums Leben gekommen. Sie hatte sich Michaels Wagen geliehen …»

«Hör auf», herrschte Lebert den Spanier an. «Das geht hier niemanden was an!»

«Mich schon», sagte Bienzle. Er nahm sein Handy und wählte Gächters Nummer. «Wie hieß denn Maria weiter?», fragte er Aslan, während er darauf wartete, das Gächter abhob.

«Gilels.»

Lebert warf dem Spanier einen hasserfüllten Blick zu.

Bienzle sagte ins Telefon: «Ich bin's, der Bienzle. Findest du in den Unterlagen irgendwas über eine Maria Gilels?»

Die nächsten Augenblicke wartete er in aller Ruhe und hörte, als Gächter den Namen in den Akten gefunden hatte, geduldig zu. Dabei schaute er abwechselnd Aslan und Lebert an. Der Clubbesitzer wirkte gelassen, was gespielt sein mochte. Der junge Deutsche war in den letzten Minuten immer unsicherer und nervöser geworden.

Endlich sagte Bienzle: «Danke, Günter, das genügt erst mal.» Er schaltete sein Handy aus, lehnte sich weit zurück, streckte die Beine von sich und hakte die Daumen in den Hosenbund. Langsam sagte er zu Lebert: «Es war also eine

Bombe, die in Ihrem Auto hochgegangen ist. Hatten Sie sie gebaut?»

Lebert biss sich auf die Unterlippe, sagte aber nichts.

«Sie hatten Ihren Wagen der Eta-Aktivistin überlassen, in die Sie sich verliebt hatten. Maria war mit zwei Kameraden auf dem Weg zu einem Einsatz. Und dann ist der Sprengsatz zu früh hochgegangen …»

«Hören Sie auf! Hören Sie auf! Hören Sie auf!», schrie Lebert. Seine Augen füllten sich mit Tränen.

«Müssen Sie ihn so quälen?», fragte Aslan.

«Nicht ich quäle ihn, er quält sich selber. Und ich bin ganz sicher, dass er mit seiner Schuld besser leben könnte, wenn er darüber reden würde und sie am Ende auch sühnen könnte.» Bienzle wandte sich wieder an Michael Lebert: «Jedenfalls müssen Sie damit aufhören, eine Tat durch andere Taten ungeschehen machen zu wollen.»

«Warum lassen Sie mich nicht in Ruhe?» Lebert verbarg jetzt seine Augen mit den flachen Händen.

«Was meinen Sie, wie gern ich einfach hier rausgehen und an etwas anderes denken würde», gab Bienzle zurück. «Aber so leicht können wir's uns alle nicht machen. Sie haben die Bombe gebaut, die Carmen Esteban getötet hat. Haben Sie sie auch gezündet?»

«Nein!»

«Wer dann?»

«Ich werde niemals einen Kameraden verraten.»

«Wo waren Sie zum Zeitpunkt, als die Bombe detonierte?» Zum ersten Mal mischte sich Kerstin Dänhardt mit einer Frage ein.

«Jedenfalls nicht am Polizeipräsidium», sagte Lebert tonlos.

«Wenn Sie ein Alibi haben, sollten Sie es uns sagen.» Kerstin sprach sanft mit dem jungen Mann.

«Ich war im Fitnessclub in der Tübinger Straße.»
«Und dafür gibt es Zeugen, nehme ich an.»
«Ja. Es sind viele Leute da gewesen.»

53

Lorettastraße 16. Das war eine dieser Schrauberwerkstätten, die im Grunde längst überholt waren, aber doch noch ihren Kundenstamm hatten. Delgado, der Besitzer, arbeitete alleine. Die Werkstatt war früher eine Garage gewesen. Delgado hatte sie geschickt erweitert und einen flachen Aufbau auf das Dach gesetzt, in dem er wohnte. An der Seite führte eine Eisentreppe zu der Wohnung hinauf.

Im Augenblick waren von Delgado nur zwei Hosenbeine und ein Paar grobe Schuhe mit Eisenkappen zu sehen. Der Rest des Mannes war unter einem BMW V-8 verschwunden – einer Luxuskarosse aus den siebziger Jahren des vergangenen Jahrhunderts.

Draußen auf der Straße passierte langsam ein Wagen die Hofeinfahrt. Am Steuer saß Gächter. Bienzle neben ihm schien zu schlafen, sagte jetzt aber überraschend scharf: «Stopp!»

Gächter hielt an.

«Ich geh erst mal allein», sagte Bienzle.

«Warum das denn?»

«Der Teufel ischt a Eichhörnle.» Bienzle stieg aus und ging auf die Hofeinfahrt zu, über der ein primitives Schild mitteilte, hier befinde sich die Autowerkstatt Delgado – Reparaturen aller Marken und Typen.

Der Mechaniker erblickte Bienzle aus seiner Froschperspektive. Der Kommissar blieb auf dem Gehsteig stehen und sah sich, wie es schien, die Umgebung an. Delgado, der rücklings auf einem Brett mit kleinen Rädern lag, rollte unter dem Auto hervor, setzte sich auf, griff nach einem Knäuel Putzwolle und rieb sich das Motoröl von den Fingern. Er hatte sofort erkannt, dass sein Besucher von der Polizei war. Ohne Eile stand er auf und ging in die Garage hinein. Er machte einen Schritt über die Montagegrube hinweg, zog zwei 25-Liter-Benzinkanister unter einem Regal hervor, öffnete die Verschlüsse und warf beide Kanister mit einem kurzen Fußtritt um. Die schillernden Benzinlachen verbreiteten sich schnell.

«Herr Delgado?»

Der Spanier drehte sich um, verließ die Garage und ging auf Bienzle zu, der breitbeinig mitten im Hof stand.

«Persönlich!» Delgado grinste.

«Bienzle, Kripo Stuttgart. Ich bin auf der Suche nach Pedro Gonzales und Francesco Aslan.»

«Hinten. Durch die Werkstatt und dann durch die schmale Tür.» Der Mann im blauen Overall sagte das ganz beiläufig. Dabei deutete er auf die Garage.

Der Kommissar ging an Delgado vorbei in den grau betonierten Raum hinein. «Hier stinkt's ja unheimlich nach Benzin. He, Ihre Kanister!» Bienzle bückte sich, um die Behälter aufzustellen.

Im gleichen Augenblick hörte er in seinem Rücken ein ratterndes Geräusch, und als er sich umdrehte, sah er, dass Delgado das Rolleisengitter heruntergezogen hatte und nun einrasten ließ.

«Was soll denn das?», rief Bienzle. Mit drei, vier schnellen Schritten war er an dem Gitter. Doch das saß fest. Er machte kehrt und rannte zu der schmalen Tür in der Rückwand der Garage. Sie war abgeschlossen.

Bienzle begriff. In einer Art Übersprungsbewegung stellte er die Kanister nun doch noch auf. Dann zog er sein Handy aus der Tasche.

Delgado schrie: «Sie telefonieren jetzt nicht! Werfen Sie das Handy heraus!» Der Spanier stand vor dem Rolleisengitter und drehte mit den Händen ein Stück Zeitungspapier zu einem Fidibus zusammen. Dann riss er ein Feuerzeug an und hielt die Flamme an das Ende des zusammengedrehten Papiers. Der Fidibus begann zu brennen. «Sie können sich doch vorstellen, was passiert, wenn ich das brennende Papier in die Benzinlache werfe?»

Er zog jetzt mit der freien Hand ein Funksprechgerät aus der Seitentasche seines Overalls, hob es an den Mund und sagte: «Francesco – wir müssen sofort weg. Die deutsche Polizei ist da! Wir nehmen den Porsche.» Dann schrie er durch das Gitter in die Garage hinein: «Die Waffe! Sie wollen doch wohl nicht geröstet werden?»

Bienzle trat dicht ans Gitter. Er legte seine Walther PK und das Handy auf den Boden und schob beides mit der Fußspitze hinaus.

Das Papier war fast heruntergebrannt. Delgado warf es weg und begann einen neuen Fidibus zu drehen.

«Sie werden nicht weit kommen», sagte Bienzle.

«Das lassen Sie mal meine Sorge sein.» Delgado zündete das neue Papier an.

Francesco Aslan und Pedro Gonzales kamen über die Eisentreppe von der kleinen Behausung auf dem Werkstattdach herunter. Bienzle erkannte die Männer sofort wieder. Das waren die beiden, die Gächter aus dem Omnibus heraus fotografiert hatte. Ohne Eile gingen sie zu einem Porsche und stiegen ein. Francesco Aslan, der den Sportwagen steuerte, fuhr dicht zu Delgado heran.

Der grinste Bienzle an und sagte: «Und jetzt möglichst nicht rauchen, Herr Kommissar!» Er warf den brennenden Fidibus weg und stieg auch in den Porsche.

Aslan fuhr auf die Ausfahrt zu, doch im gleichen Moment

kam Gächter hereingefahren. Die Autos blieben Kühler an Kühler stehen. Gächter sprang heraus, die Waffe im Anschlag. «Los, raus aus dem Auto, Hände aufs Wagendach!»

Alle drei stiegen mit erhobenen Armen aus und legten ihre Hände aufs Dach des Porsche. Gächter tastete zuerst Gonzales ab.

Der sagte: «Im Ausland tragen wir niemals Waffen.»

«Ihr seid schuld an Carmens Tod», sagte Gächter fast tonlos und entsicherte seine Waffe.

Bienzle sah es und schrie entsetzt: «Gächter!»

Für den kam Bienzles Stimme von sehr weit her. Er spürte, wie sich hinter seinen Augäpfeln eine ungekannte Hitze entwickelte. Das Bild verschwamm. «Auf diesen Moment habe ich gewartet.» Gächter schoss in den Asphalt dicht neben Gonzales' Füßen.

«Sei vernünftig!», hörte er Bienzle von ferne schreien. «Mach dich nicht noch unglücklicher, Günter! Bitte!»

Gächter gab einen zweiten Schuss ab. Das Fenster des Porsche machte ein hässliches Geräusch. Tausend Gitterlinien bildeten Spinnennetze im Glas.

«Wir sind nicht bewaffnet», sagte Francesco Aslan.

«Ja, ihr seid genauso chancenlos, wie es Carmen Esteban gewesen ist!»

Das nächste Geschoss prallte am verzinkten Blech der Karosserie ab. Bienzle schrie: «Hast du jetzt total den Verstand verloren?» Und dann: «Denk an Carmen! Hätte sie das gewollt?»

Gächter hielt plötzlich inne und schien wieder zu sich zu kommen. Er senkte die Waffe und sagte zu den drei Männern, die noch immer ihre flachen Hände auf das Dach des Sportwagens drückten: «Wenn sich einer bewegt, knall ich ihn ab!»

Er ging zu der Garage und schob das Rollgittertor hoch.

Bienzle trat heraus, bückte sich, hob sein Handy und seine Pistole auf und sagte: «So, und jetzt machen wir wieder normale Polizeiarbeit.»

Das bedeutete, dass zehn Minuten später drei Streifenwagen vor Ort waren. Die Kollegen der Schutzpolizei nahmen das spanische Trio in Gewahrsam und brachten es zum Polizeipräsidium.

Bienzle und Gächter zogen es vor, in Bienzles Lieblingslokal bei Paolo einen sardischen Weißwein zu trinken.

54

In der Trattoria musste schon um diese Zeit das Licht angemacht werden. Tiefe Wolken hingen über der Stadt und verdunkelten den Talkessel. Bei Paolo war noch nicht viel Betrieb. Bienzle suchte ihnen einen Tisch in der hintersten Ecke aus und ließ sich ächzend auf die Bank sinken.

Paolo sah ihn an. «Du hast es mit der Bandscheibe, stimmt's?»

«Ich weiß nicht, auf jeden Fall tut's saumäßig weh. Ich kann mich bald kaum mehr bewegen.» Bienzle warf einen Blick zu Gächter hinüber. «Aber es gibt Schlimmeres.»

Sein Kollege hatte in der Speisekarte geblättert und bestellte, ohne aufzuschauen, eine Pizza. Bienzle begnügte sich mit einem Wein.

«Ich muss abnehmen. An mei'm Kreuz hängt a zu großes G'wicht!»

Paolo ging in die Küche.

«Du wirst drüber wegkommen. Jetzt, wo wir den Fall aufgeklärt haben.» Bienzle legte seine Hand auf Gächters Arm.

«Ich weiß nicht.»

«Und du musst dir keine Vorwürfe mehr machen. Der Anschlag hat nicht dir gegolten!»

Gächter blickte geradeaus, schien aber seine Umgebung gar nicht wahrzunehmen. «Ich träume jede Nacht von ihr.»

«Für mich ist jetzt alles klar.» Bienzle bemühte sich um einen sachlichen Ton. «Francesco Aslan hat den Anschlag geplant, Lebert hat die Bombe gebaut, und Gonzales oder Aslan haben sie aus hundert Metern Entfernung per Funk gezündet.»

«Und Hajo Lasse?»

«Hat definitiv nichts mit der Sache zu tun.»

«Trotzdem war er da! Vielleicht sind ihm die Eta-Leute nur zuvorgekommen. Und Kron war ja auch da. Seitdem er und Lasse zusammen im Knast waren, haben sie wahrscheinlich ständig Kontakt gchalten.»

Bienzle nickte. «Gleiche Brüder, gleiche Kappen, hat mein Vater immer gesagt … Gut, Lasse war also Zeuge des Anschlags. Und ich kann mir gut vorstellen, dass Kron mit ihm unter einer Decke steckt. Aber wie geht das jetzt alles zusammen?»

«Ich habe keine Ahnung», sagte Gächter mit einem Seufzer.

«Ja, dann werden wir uns den Exkollegen eben nochmal vorknöpfen.»

Plötzlich stand Oliver Finkel an ihrem Tisch. «Man hat mir gesagt, dass ich Sie vielleicht hier finde.»

«So, hat man?» Bienzle sah den BND-Mann abweisend an.

Paolo kam heran, musterte Finkel und sagte dann zu Bienzle: «Also, wenn ihr nicht gestört werden wollt …»

Bienzle lächelte den Wirt an. «Danke, Paolo, aber das geht schon in Ordnung.» Zu Finkel sagte er: «Bitte, nehmen Sie doch Platz. Den sardischen Weißwein kann ich sehr empfehlen.»

«Danke», sagte Finkel, setzte sich und bestellte: «Ein Mineralwasser, bitte.»

«Ja, das hab ich mir gedacht», sagte Paolo und verließ den Tisch.

«Ich hatte eigentlich das Gefühl, ich hätte mich deutlich genug ausgedrückt», begann Finkel. «Ihr kindisches Versteckspiel, Herr Gächter, ist schon peinlich genug. Aber ich würde auch gerne wissen, wie Sie beide dazu kommen …»

Bienzle unterbrach ihn. «Morgen kriegt der Staatsanwalt unseren Bericht. Ich nehme an, er wird Ihnen Einblick gewähren.»

«Sie haben, ohne einen Ton mit uns zu reden …»

«Warum sollen wir andere bemühen, wenn wir's auch allein schaffen? Also, ich bin immer über jede Arbeit froh, die ich mir sparen kann. Jetzt haben wir die Täter auf Nummer Sicher. Den Rest erledigen die Spanier. Die Auslieferung ist ja in dem Fall kein Problem.» Bienzle hob sein Glas und trank Finkel zu.

Zum ersten Mal sagte Gächter etwas: «Ich hätte das niemand anderem überlassen können. Das verstehen Sie doch?»

Überraschenderweise nickte der BND-Mann. «Ja, in Ihrem Fall versteh ich das.»

«Wenn Sie was essen wollen: Die Muscheln im Weißweinsud kriegen Sie nirgends besser», sagte Bienzle versöhnlich.

55

Siegfried Kron saß an seinem Schreibtisch und tippte einen Bericht in den Computer. Es klopfte, und gleichzeitig ging die Tür auf. Bienzle und Gächter kamen herein und nahmen vor dem Schreibtisch Aufstellung. Kron schaute verunsichert auf.

«Wo ist Lasse?», fragte Bienzle hart.

«Woher soll ich das wissen?» Krons Stimme klang unsicher.

Gächter wollte etwas sagen, aber Bienzle hielt ihn zurück, indem er ihn kurz am Handgelenk fasste. Die ganze Zeit ließ er den Journalisten nicht aus den Augen. «Du warst auf unserem Parkplatz, als die Bombe hochging, die Frau Esteban getötet hat. War es vielleicht so, dass Lasse dich angerufen und gesagt hat, da wird was ganz Spektakuläres passieren ...?»

Gächter nahm im Hintergrund eines der Jagdbilder von der Wand und studierte es.

Bienzle fuhr fort: «Und es ist ja dann auch was passiert.»

«Ja, aber das war doch nicht der Lasse!»

«Bist du da so sicher?» Beiläufig zog Bienzle ein paar Schubladen auf und öffnete die eine oder andere Schranktür an einem niedrigen Sideboard.

Kron schlug mit der Faust auf die Schreibtischplatte. «Ja, verdammt!»

«Und woher weißt du das, Siggi?»

«Ich gebe meine Informanten niemals preis.» Er sprang auf und schlug die Türen und Schubladen wieder zu, die Bienzle aufgemacht hatte. «Und jetzt raus hier! Das sind doch Gestapomethoden. Ich habe nichts verbrochen ...!»

Gächter sagte langsam: «Außer vielleicht, dass du auf mich geschossen hast ...»

Kron fuhr herum. «Was?»

Gächter klopfte mit dem Zeigefinger auf ein Foto, das er von der Bilderwand genommen hatte und auf dem man Kron sah, wie er gerade ein Gewehr anlegte. «Das ist ein Mauser-Jagdgewehr Kaliber 8,5, stimmt's?»

«Ja und?»

«Mit genau so einer Waffe ist auf Gächter geschossen worden», mischte sich nun wieder Bienzle ein. «Zeigst du uns mal deine Gewehre, Siggi?»

«Ich denke ja nicht dran.»

«Okay», sagte Bienzle stoisch. «Wir nehmen dich vorläufig fest und beschaffen uns eine Durchsuchungsanordnung.»

Das Telefon klingelte. Kron rührte sich nicht.

«Willst du nicht abnehmen?», fragte Bienzle.

Der Journalist machte eine zögernde Bewegung zum Telefon, stoppte aber mittendrin. Er zuckte mit den Schultern. «Der ruft auch wieder an.»

«Wer?»

Nun nahm er doch ab und meldete sich mit «Pressebüro Kron». Bienzle drückte auf die Mithörtaste.

Über den Lautsprecher ertönte Lasses Stimme: «Hör zu, Siggi ...»

«Nein, warte ...», rief Kron dazwischen.

Schneller, als man es ihm bei seinem Gewicht zugetraut hätte, war Bienzle um den Schreibtisch herum, packte seinen Exkollegen im Genick wie einen Hasen und drückte ihn gegen die Schreibtischkante. Gächter zog seine Dienstwaffe aus dem Holster.

«Ja, was ist?», hörte man Lasses Stimme. «Kannst du gerade nicht sprechen?»

«Doch, doch, ich musste nur warten, bis hier jemand raus war. Jetzt geht's ...»

«Okay, du fährst bei Julia vorbei. Dort ist mein Koffer. Den bringst du mit. Und dann fährst du mich zum Flughafen. Die Maschine startet um einundzwanzig Uhr vierzig.»

Der Journalist sah Bienzle an. Der nickte. «Verstanden», sagte Kron ins Telefon.

«Ist alles okay bei dir, Siggi?», fragte Lasse misstrauisch.

«Ja sicher, ich muss nur noch schnell einen Bericht …»

Aber da hatte Lasse schon aufgelegt.

Bienzle hielt Kron immer noch im Genick gepackt. «Wo ist der Kerl?»

Der Journalist bäumte sich auf. «Lass los, verdammt. Was springt für mich raus, wenn ich's sage …?»

«Du weißt doch selber, wie das ist …»

«Ja, ja – wenn ich nicht rede, fahr ich wieder in den Knast ein, so oder so.» Hasserfüllt starrte er Gächter an. «Und wieder bist du schuld. Aber irgendwann zahl ich's dir noch heim.»

«Hat er dich etwa gebeten, auf ihn zu schießen, oder was?», fragte Bienzle und ließ Kron endlich los. «Wie heißt diese Julia mit Nachnamen?»

«Birkenröder.»

«Und wo wohnt sie?»

«Krieg's raus!», giftete Kron, doch Bienzle schaute den Journalisten so lange an, bis der endlich sagte: «In einem Wohnwagen an der B 14 auf dem ersten Parkplatz nach Fellbach.»

Bienzle rief Kerstin Dänhardt an, gab die Daten durch und wies sie an, die Dame mit zwei Mann Verstärkung und zwei Kollegen der Spurensicherung aufzusuchen. «Aber mit a bissle Fingerspitzengefühl. Vielleicht hat Frau Birkenröder ja einen Kunden.»

Bienzle legte auf und beugte sich weit über Krons Schreibtischplatte vor, sodass er ihm aus nächster Nähe in die Augen schauen konnte. «Also, wo ist Lasse?»

Gächter hatte sich den Schränken zugewandt, um sie zu durchsuchen. Jetzt hielt er einen aufgeschlagenen Aktenordner in der Hand. «In der Druckerei in den Gerstenäckern vielleicht?»

Kron sagte nichts.

Gächter fuhr fort: «Da hat er mal 'ne kleine Druckerei gekauft. Hier sind der Vertrag und einige Bilder davon. Wär gar kein so schlechtes Versteck.»

56

Die Gerstenäcker waren eine typische Industriebrache. Gleich nach dem Krieg, also in den fünfziger und sechziger Jahren des letzten Jahrhunderts, herrschten hier Aufbruchstimmung und ein reges geschäftliches Leben. Jetzt warteten die Schuppen und Baracken, die Flachbauten und Klinkerriegel darauf, gesprengt und abgerissen zu werden, um modernen Fabrikationsgebäuden Platz zu machen. Ein paar ältere Komplexe, die noch aus den zwanziger und dreißiger Jahren stammten, standen wohl unter Denkmalschutz und sollten bald, rundum renoviert und modernisiert, als Lofts oder Büros für junge New Economy-Unternehmer dienen. Aber das alles war noch Zukunftsmusik. Es gab in Stuttgart und im mittleren Neckarraum genug Areale, die mit dem heruntergekommenen Komplex in den Gerstenäckern konkurrierten.

Als Bienzle und Gächter ihren Wagen am Rande des Geländes abstellten, erfasste sie die ganze Trostlosigkeit dieser verlassenen Welt.

«Manchmal wundere ich mich, dass sich nicht alle Penner, die im Schlosspark und in der Königstraße Platte machen, hier eine Bleibe herrichten», sagte Bienzle. «Ein bisschen zusammengeklautes Material und ein paar Handgriffe würden doch genügen, um sich halbwegs gemütlich einzurichten.»

Gächter schüttelte den Kopf. «Du redest wie der Blinde von der Farbe.»

«Kann schon sein.» Bienzle hätte sich heute um nichts in der Welt mit Gächter gestritten. Er wusste ziemlich genau, wie es dem Freund und Kollegen ging – Grund genug, ihn zu schonen.

Als ob er Bienzles Gedanken erraten hätte, sagte Gächter: «Ich denke immer, was mit Carmen passiert ist, war nur ein böser Traum. Heute Morgen hab ich alle zwei Minuten auf die Bürotür geschaut, weil ich gedacht habe, gleich kommt sie rein.»

Bienzle legte kurz den Arm um Gächters Schultern und zog ihn an sich. «Aber denk dran, wenn wir den Lasse wirklich hier finden: Er hat sie nicht auf dem Gewissen.»

«Aber nur, weil andere ihm zuvorgekommen sind», sagte Gächter finster.

Das sei möglich, gab Bienzle zu. Dann zeigte er auf die kleine Druckwerkstatt, die im Unterschied zu den anderen Flachbauten in einem ganz ansehnlichen Zustand war. «Das muss sie sein.»

«Also, dann packen wir ihn!»

Bienzle hielt Gächter am Arm zurück. «Erst wenn das SEK da ist. Ich will kein Risiko eingehen.»

Die beiden Kommissare hatten, bevor sie losfuhren, um Verstärkung gebeten, und der Präsident hatte angesichts der Gefährlichkeit des flüchtigen Hajo Lasse den Einsatz des SEKs angeordnet. Jetzt standen die beiden keine dreißig Meter von Lasse entfernt und warteten. Die Kälte kroch unter ihre Kleider, und immer wenn überraschende Windböen durch die Barackengassen tobten, stach der Frost wie mit Nadeln in ihre Gesichter. Und nun wurde es auch schon dunkel. Das ging schnell um diese Jahreszeit.

«Die Hälfte seines Lebens wartet der Polizist vergebens», maulte Gächter.

Bienzle war froh, dass er überhaupt etwas sagte.

Lasse langweilte sich. Er spielte mit großformatigen Bleilettern und einem Winkelhaken herum. Er hatte keinerlei Verständnis für Kron, der hier versuchte, seinen Texten die angemessene Form zu geben. Als Lasse endlich seine Buchstabenfolge fertig hatte, stand da in Spiegelschrift der Satz: «Einer ist immer der Arsch.»

Siggi Kron würde spuren, da war sich Lasse ganz sicher. Nur kurz war ihm der Gedanke gekommen, Kron könnte zu seinen alten Kumpels von der Polizei laufen. Aber erstens hatte der frühere Polizist und heutige Journalist einen so unbändigen Hass auf die. Und zweitens: Dass er, Lasse, ihn gut bezahlen würde, wusste Kron. Bei so was hatte er sich noch nie lumpen lassen.

Bienzle und Gächter standen sich derweil die Füße in den Bauch und versuchten, der Kälte zu trotzen.

«Heißt SEK nicht eigentlich ‹Schnelles Einsatzkommando›?», fragte Gächter.

«Wenigstens kommt langsam wieder a bissle was von dei'm Humor zurück.» Aber auch das konnte Bienzle nicht aufheitern. «Die Kälte ist Gift für mein Kreuz …»

57

Um diese Zeit saß Kron bereits Kerstin Dänhardt und zwei Verhörbeamten gegenüber. Sie alle kannten das Spiel, und Kron brachte es auch auf den Punkt: «Einer von euch macht den Good Guy, der andere den Bad Guy. Und die Lady hier schreibt alles auf. Am Ende habt ihr mich so oder so am Arsch.»

«Na wunderbar», sagte Kerstin, «da können wir die Prozedur doch auch abkürzen. Sie erzählen uns alles, und ich schreib's gleich auf. Das hat den Vorteil, dass es Ihre

Version ist und dass wir Sie mit unserer Fragerei nicht nerven.»

Siggi Kron grinste sie an. «Wenn ich damals so 'ne Kollegin gehabt hätte wie Sie, wär ich vielleicht nicht kriminell geworden, sondern Polizist geblieben. Also gut, dann passen Sie mal auf ...»

Und Siegfried Kron begann zu erzählen. Mit jedem Satz liebte er selber seine Geschichte mehr. Sie war dramaturgisch nicht schlecht aufgebaut, fand er. An der richtigen Stelle hatte sie ihre Spannungselemente und überraschenden Wendungen, und er führte sie zu einem halbwegs guten Ende für sich selbst.

«Sind Sie denn bereit, sich auf diese Geschichte vereidigen zu lassen?», fragte einer der Verhörbeamten, der Kron kein Wort glaubte.

«Ja, klar doch, wo es die reine Wahrheit ist!»

In Krons Version gab es einen Schurken und einen Bösen. Der Schurke war Hajo Lasse, der Böse hieß Günter Gächter. Lasse hatte ihn von dem Moment an unter Druck gesetzt, als er wieder draußen war. «Er hat mich mehrfach mit dem Tod bedroht.» Günter Gächter verfolgte ihn seit Jahren mit einem Hass, den sich Siggi Kron mit dem besten Willen nicht erklären konnte. «So einer treibt einen ja geradezu in die Arme des Verbrechens», sagte er nicht ohne Pathos.

Wer denn nun auf Gächter geschossen habe, wollte der zweite Verhörbeamte wissen.

«Lasse natürlich», kam es ohne Zögern.

«Wenn alles klappt, werden wir ihn in ein, zwei Stunden dazu befragen können», sagte Kerstin.

«Er wird's natürlich leugnen. Aber er hat mich gezwungen, ihm mein Gewehr auszuhändigen.» Kron, der Mann der schönen Formulierungen, sagte tatsächlich ‹auszuhändigen›, nicht etwa ‹zu geben›.

«Natürlich», sagte Kerstin. «Jetzt kommt es drauf an, wo wir das Gewehr finden.»

Kron grinste souverän. «In Lasses Kofferraum.»

«Und Sie sind sicher, dass er's da auch selber reingelegt hat?»

«Ja, wer denn sonst?»

«Sie zum Beispiel.»

«Als ob Sie mir nicht schon genug unterstellt hätten, Lady.» Siegfried Kron war richtig ein bisschen beleidigt.

58 Hajo Lasse hatte nach einem neuen Winkelhaken gegriffen. Er spielte mit ein paar Buchstaben herum, aber ein zweiter Satz wollte ihm nicht einfallen. Wäre Cornelia noch am Leben gewesen, hätte er wohl «Ich liebe dich» und ihren Namen zusammengesetzt. Er wunderte sich über sich selbst. Dass es so wehtun würde, hatte er nicht erwartet. Dass es ihn so ratlos machen würde, ohne sie weiterzuleben, noch viel weniger. Er hätte ja in den Winkelhaken setzen können: «Ich vermisse dich», aber das war ein Satz, den er nie ausgesprochen hätte. Warum sollte er ihn dann schreiben oder drucken oder was man mit dem Zeug hier machte?

An der Wand hing ein halb blinder Spiegel – nicht größer als das Cover einer Illustrierten. Hajo Lasse stellte sich davor und musterte sein Gesicht. Demnächst wurde er vierzig Jahre alt. Die Vorstellung, dass er den Geburtstag beinahe hätte im Knast feiern müssen, amüsierte ihn plötzlich. Andererseits: vierzig war so ein erwachsenes Alter. Er hatte eigentlich nie das Gefühl gehabt, schon erwachsen zu sein. Und dabei hörten doch alle im Milieu auf sein Kommando, oder fast alle.

Jetzt würde er nochmal ganz neu anfangen. In einem anderen Land. Plötzlich überflutete ihn ein Gefühl der Angst, der Heimatlosigkeit, des Verlassenseins. Wäre Cornelia noch am Leben und hätte sie ihn auf dieser Reise ins Ungewisse begleiten können, hätte er keine Angst gehabt. Im Gegenteil.

Als das SEK endlich eingetroffen war, hatte Bienzle den Leiter des Kommandos, einen schneidigen Hauptkommissar, informiert. Er wollte den Einsatz mit ihm besprechen, aber der winkte nur ab.

«Überlassen Sie das alles uns.»

Bienzle zuckte mit den Schultern. «Von mir aus.»

Der SEK-Mann gab erste Anweisungen, und die Männer verteilten sich. Scharfschützen bezogen Position.

Hajo Lasse hielt sein Gesicht ganz nahe an den Spiegel. War das eine Träne, die da über seine rechte Wange lief? Das war ja wohl lächerlich. Und dann sah er plötzlich das Aufblitzen eines Scheinwerfers oder einer Taschenlampe. Durch die Lamellen des halb verfallenen Fensterladens leuchtete es kurz auf und wurde in dem blinden Spiegel reflektiert wie ein Irrlicht.

Sofort war Hajo hellwach. Er löschte die Arbeitslampe über dem Mettagetisch, schlich sich auf Zehenspitzen zum Fenster und linste durch den Laden. Nichts zu sehen. Doch. Ein Schatten. Eine Figur, die einen der schmalen Durchlässe zwischen zwei Baracken passierte – geduckt, sehr schnell. Das war nur so ein Wischer. Aber Lasse hatte ein Gespür für Gefahr.

Ohne Hast nahm er seine Lederjacke vom Haken und ging zu einer schmalen Tür auf der Giebelseite des Raums. Der Weg führte ihn drei ausgetretene Steinstufen hinunter in einen Zwischenbau. Von hier gelangte er in einen Schuppen, der noch zu Krons Druckereiwerkstatt gehörte. Er hatte eine Zeit lang als Lager gedient, später nur noch als Garage für Krons Auto. Jetzt stand hier der Wagen, der eigentlich Julia gehörte und den sich Lasse für ein paar Tage ausgeliehen, genauer gesagt: genommen hatte. Lasse achtete sehr darauf, kein Geräusch zu machen. Er öffnete die Fahrertür, setzte sich hinters Steuer und zog die Tür fast geräuschlos zu.

Bienzle sagte zu Gächter: «Früher ist man einfach rein, hat g'sagt: ‹Hände hoch!›, ond dr Kittel war g'flickt!»

Im gleichen Augenblick heulte ein Motor auf, man hörte das Geräusch durchdrehender Reifen, dann barsten die Latten des Schuppens neben Krons Druckerwerkstatt und flogen in alle Richtungen. Gleißend helles Scheinwerferlicht flammte auf. Das Auto raste auf Bienzle und Gächter zu. Die beiden sprangen zur Seite. Schüsse krachten. Einer der Scheinwerfer erlosch. Das Auto schlingerte, dann ein Aufprall, Sekundenbruchteile später eine Stichflamme.

Bienzle, der wie gelähmt zusah, kam es so vor, als hätten die SEK-Männer keine besondere Eile damit, das Feuer zu löschen. Als dies dann doch gelungen war, war Hans Jochen Lasse längst tot.

Im Kofferraum des Wagens fand die Spurensicherung ein Mauser-Jagdgewehr. Die Registriernummer war noch gut zu erkennen. Die Waffe war unter dem Namen Siegfried Kron registriert.

59 Als Bienzle an diesem Abend müde nach Hause kam, fand er Hannelore in ihrem Atelier. Das neue Bild, das sie zu malen begonnen hatte, war mit einem schwarzen Tuch verhängt. Bienzle ließ sich auf die Couch sinken, auf der Hannelores Modell Boris immer gelegen hatte.

«Und? Wie kommt ihr voran?», fragte sie, während sie ihre Pinsel auswusch.

«Der Anschlag auf Gächters Auto ist geklärt. Es waren die Eta-Leute. Lasse haben wir gestellt. Er ist aber beim Versuch zu fliehen ums Leben gekommen. Er hat übrigens auch auf Gächter geschossen – vermutlich.»

«Was heißt vermutlich?»

«Wir haben die Tatwaffe im Kofferraum seines Autos gefunden. Das Gewehr gehört aber Siegfried Kron. Der behauptet allerdings, Lasse habe es ihm abverlangt. Aber vielleicht hat auch der Kron auf Gächter geschossen und danach das Gewehr dem Lasse untergeschoben.» Bienzle seufzte: «Das wird man jetzt nie mehr klären können. Den Kron kriegen wir höchstens wegen Beihilfe dran – aber das wahrscheinlich auch nicht, wenn ihm der Richter glaubt, dass Lasse ihn gezwungen hat, die Jagdwaffe rauszurücken.»

«Klingt alles ein bisschen kompliziert.» Hannelores Interesse hielt sich in Grenzen.

Bienzle nickte. «Und den Mörder von Miguel Pesoa haben wir damit auch noch nicht.»

«Waren das nicht die Spanier?»

«Bis jetzt haben sie's nicht zugegeben.»

«Wer käme denn sonst in Frage?»

«Der Mann, der heimlich bei ihm eingebrochen ist.»

Bienzle stand plötzlich ächzend auf und griff nach seinem Mantel, den er achtlos auf einen Stuhl geworfen hatte. Ihm war auf einmal Frau Schlotterbecks Aussage eingefallen, dass der Fremde wieder in Pesoas Wohnung eingedrungen sei.

«Willst du nochmal weg?», fragte Hannelore überrascht. «Es ist gleich elf Uhr!»

«Von wollen kann überhaupt keine Rede sein. Ich muss!»

Bienzle stieß wütend den rechten Arm in den Ärmel seines Mantels. Dann warf er die linke Seite des Kleidungsstücks herum – ein bisschen zu schwungvoll. Der Mantel klatschte gegen die Staffelei, und das schwarze Tuch rutschte herunter. Bienzle bückte sich, wollte das Tuch aufklauben, spürte in diesem Moment aber einen so stechenden Schmerz im Rücken, dass er laut aufjaulte.

«Was ist denn?», fragte Hannelore besorgt.

«Nichts», log Bienzle und versuchte sich aufzurichten. Als er dies zur Hälfte geschafft hatte, fiel sein Blick auf das Bild. Bienzle stand sich selber gegenüber. Vor Schreck kam er fast augenblicklich wieder in die Senkrechte. Mit weit aufgerissenen Augen starrte er den Mann auf der Leinwand an. Das war unverkennbar er selbst – nackt, wie Gott ihn geschaffen hatte. Allerdings hatte er seinen Hut auf dem Kopf. Sein Bauch wölbte sich rosig und rund über den etwas zu dünnen Schenkeln, die Beine hatte er fast anmutig abgewinkelt. In seiner rechten Hand hielt er ein Weinglas, mit der linken stützte er sich lässig auf dem Polster ab. Alles in allem gefiel er sich eigentlich nicht schlecht.

«Ich hab dir doch gar nicht Modell gestanden … gesessen … gelegen …»

Hannelore kam zu ihm herüber, küsste ihn und sagte: «Dich male ich doch jederzeit aus dem Gedächtnis, Bienzle.»

«Oh, du liabs Herrgöttle von Biberach …» Bienzle fuhr

nun endlich auch in den zweiten Ärmel seines Mantels. «Kann sein, dass ich die ganze Nacht weg bin», sagte er und verließ das Atelier.

60

Als er aus dem Haus ging, hatte es wieder zu schneien begonnen. Der Schnee war zunächst noch nass und verwandelte sich rasch in Wasser. Bienzle stieg in seinen Dienstwagen und genoss es in den nächsten Minuten sehr, dass der über einen beheizbaren Fahrersitz verfügte. Die Wärme tat seinem lädierten Kreuz fühlbar gut.

Je weiter Bienzles Wagen durch die Serpentinen des Herdwegs zum Killesberg hinauffuhr, desto mehr Neuschnee blieb liegen. Vor Pesoas Haus lagen schon zwei Zentimeter. Auf der Treppe, die zur Eingangstür hinaufführte, waren Schuhspuren erkennbar, die von den immer weiter fallenden weißen Flocken noch nicht ganz zugeschneit waren. Bienzle stellte einen Fuß neben einen der Eindrücke und sah, dass der Mensch, der vor ihm hier hinaufgestiegen war, ungefähr die gleiche Schuhgröße haben musste wie er selbst.

Am Straßenrand hielt Gächters Auto. Gächter war noch im Präsidium vorbeigefahren, um die Schlüssel zu Pesoas Anwesen zu holen. «Das ist doch die schiere Beschäftigungstherapie», sagte er, als er zu Bienzle trat, «damit ich auf andere Gedanken komme.»

«War vielleicht so gedacht. Aber dann hätt sich's jetzt geändert.» Bienzle deutete auf die Spuren im Schnee.

Nach kurzer Beratung entschlossen sich die beiden, durch das Souterrain ins Haus einzudringen. Gächter hatte Schlüssel für alle Türen. Im Untergeschoss tasteten sie sich ohne Licht voran. Die Augen gewöhnten sich langsam an die Dunkelheit, sodass die Umrisse der Wände und Türen schemenhaft zu erkennen waren. Als Gächter die Tür zum Treppenhaus öffnete, hörten sie Musik.

Bienzle sagte leise: «Mozarts Klarinettenkonzert in A-Dur.»

Gächter sah ihn an. «Und wer spielt die Klarinette?»

«Hört sich an wie Benny Goodman. Das berühmte Konzert in der Carnegie Hall mit den New Yorker Philharmonikern», sagte Bienzle und stieg die ersten Stufen zum Erdgeschoss hinauf.

Die Musik wurde lauter, als sie den Flur erreichten. Sie kam aus dem Wohnzimmer, in dem Pesoa ermordet worden war. Gächter zog seine Waffe. Bienzle fasste nach der Klinke. Sie wackelte. Offenbar hatte der Schlosser seine Arbeit noch immer nicht zu Ende gebracht. Bienzle sah einen Splint, der nur lose steckte. Er pulte ihn mit spitzen Fingern heraus. Dann drückte er die Klinke herunter, zog sie aber mit einem raschen Ruck heraus, als die Tür aufschwang.

Der Mann saß mit dem Rücken zur Tür in einem Longchair, hatte die Füße auf den Hocker gelegt und betrachtete die tanzenden Schneeflocken vor dem riesigen Panoramafenster, die von mehreren Leuchten im steil abfallenden Garten des Anwesens angestrahlt wurden.

Als der Mann hinter sich eine Bewegung wahrnahm und sich umdrehte, stand ihm Bienzle gegenüber. Er hatte die Türklinke in der Hand. Der Mann sah unbedeutend aus, ein Dutzendgesicht. Die blonden Haare standen nach allen Seiten von seinem Schädel ab. Die wasserblauen Augen traten weit hervor. Basedow-Augen, dachte Bienzle. Er schätzte den Mann auf vierzig Jahre. Er war vielleicht eins achtzig groß und eher schwach gebaut.

«Ich hab Sie schon mal gesehen», sagte Bienzle, «im Schaufenster vom Bräuninger!»

Der Mann starrte auf die Türklinke. Dann deutete er darauf und stotterte: «Was ... was ... was wollen Sie damit?»

«Mit so einer Klinke haben Sie Pesoa umgebracht.»

Der Mann blickte sich gehetzt um, aber es gab keine Fluchtmöglichkeit. Gächter lehnte am Türrahmen und hatte seine Dienstpistole in der Hand.

«Eine ungewöhnliche Mordwaffe», sagte Bienzle, «finden Sie nicht auch?»

«Warum?», sagte der Mann. «Ich bin Schlosser. Jetzt bin ich aber arbeitslos.»

Als Bienzle vor seinem Haus aus dem Dienstwagen stieg, war es halb eins.

Sie hatten dem Mann, der Peter Michel hieß, Handschellen angelegt und waren mit ihm ins Präsidium gefahren. Er hatte sofort ein Geständnis abgelegt. An den Tagen vor Pesoas Tod hatte er festgestellt, dass der Literaturprofessor das Wohnzimmerschloss auswechseln ließ. Das Material lag in der Küche unter der Spüle. Michel hatte die verschiedenen Klinken eingesetzt, ausgetauscht, wieder entfernt, erneut eingesetzt. Er hatte sich damit die Zeit vertrieben. Und er hatte sich geärgert, dass Pesoa gemeint hatte, er könne ihn fern halten.

Pesoa war dann einen Tag früher als geplant von einer Spanienreise zurückgekommen. Michel kannte alle Termine des Professors. Pesoa führte einen Taschenkalender und einen Terminkalender, der auf seinem Schreibtisch lag. «Warum hält er sich nicht daran?», hatte Peter Michel anklagend gefragt.

Bienzle schloss seine Wohnungstür auf, ging ins Bad und ließ sich heißes Wasser ein. Er gab eine Essenz dazu, die gegen rheumatische Schmerzen helfen sollte, und stieg dann mit einem leisen zufriedenen Seufzer in die Wanne.

Hannelore kam herein. Sie war im Nachthemd. Aus einem Regal nahm sie ein etwa fünf Zentimeter langes Segelschiffchen und setzte es auf die Wasseroberfläche. «Du solltest zum Arzt gehen, wegen deines Rückens», sagte sie.

«Mach ich. Gleich morgen!» Bienzle blies mit geblähten Backen in das Segel des Schiffchens.

61

Ein Polizeiauto fuhr auf das Flugfeld und hielt in der Nähe einer Maschine, die auf einer Außenposition stand. Die letzten Passagiere stiegen ein. Dann rollte ein Pick-up heran. Auf dessen Ladefläche stand der Sarg von Carmen Esteban.

Gächter stieg aus dem Fond des Polizeiwagens. Auf der anderen Seite wuchtete kurz darauf Bienzle seinen schweren Körper heraus. Gächter ging auf das Flugzeug und den Pick-up zu. Bienzle blieb beim Auto stehen.

Zwei Männer in dunkelgrauen Anzügen hoben den Sarg von dem Wagen. Gächter legte die Hand auf das Holz. Sein Gesicht war tränenüberströmt. Es kostete ihn unendliche Mühe, aber er trat dann doch zwei Schritte zurück, damit die Männer den Sarg in den Laderaum schieben konnten.

Bienzle stellte sich neben Gächter und legte ihm sacht eine Hand auf die Schulter. Die Ladeluke schloss sich. Das Flugzeug rollte zur Startbahn.